肅靜
看古代神探辦案
包青天奇案
改寫＝管家琪
繪圖＝林傳宗

林文寶
（台東大學人文學院院長）

「黃河的源頭」、「盤古開天」和「后羿射日」等，是與大自然有關的故事；「一年三節和元宵節」的由來，則是跟節日相關的故事；「清廉公正的包拯」、「公而忘私的大禹」和「神醫李時珍」等，都是歷史上知名的人物；「七兄弟」、「臘八粥」、「等請客」和「金華火腿」等，則與市井小民的生活息息相關。這樣的故事很多，有的於史有據，有的則屬稗官

野史，有的是民間傳說，不論如何，都充滿趣味，且蘊含許多先民的人生智慧，是值得好好閱讀的敘事故事。

這些過去記載在古籍裡的事蹟，常常掛在人們嘴上的故事，它是我們生活中共同的記憶，在全球化日漸普及的日子，曾幾何時，似乎已在慢慢的淡出我們的生活，一群人在榕樹下圍坐著老者聽故事的情景不再，電視上時常播出的古典名劇，例如《包公傳奇》，也多日不見。取而代之的是，外來文化的進入，新一代盲目的崇拜，造成強勁的「哈日風」吹起，波波的「韓流」來襲，西方文化更早影響了我們的生活，讓幾代以來的人忘了原有的東西。我們的生活因而充滿外來的話語或者術語，讓人人似乎都得了失語症，原來的那些共同記憶不見了。

在全球化的潮流裡，外來文化的進入，實難以避

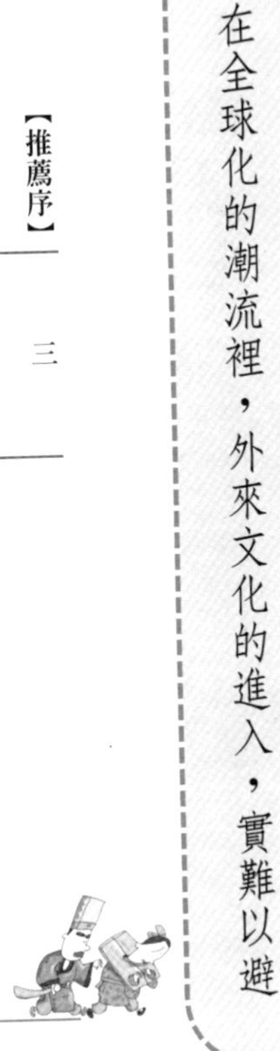

免，也不可能阻擋，然而這並非說，我們只能消極的接受、盲目的迎合，而是可以有所選擇，採取截長補短的態度，讓我們的文化得以發揚和傳承。

這可以經由鼓勵閱讀來逐步恢復，而且要從小做起。

其實，閱讀的活動早在我們的社會中推行許久，只是閱讀有各種不同的目的：或為考試，或為充實自己，或為文化傳承；在功利主義的作祟下，有為了充實自己而閱讀，其理由當然可喜，偏偏許多是為了考試，從小養成，進而造成了許多偏差的觀念，上述的崇拜因此形成，傳承文化的目的當然就被拋之腦後了。

若為了傳承文化的目的，找回我們的共同記憶，書目的決定可是非常的重要。儘管可以閱讀的書籍很多，蘊含許多趣味和人生智慧的敘事故事，卻是非讀

不可的對象，因為它們具有永恆性和民族性，能夠經歷千年百年的考驗和焠煉，是絕對不可割捨的文化基因和先民智慧。在我們傳統的敘事故事裡，不論是口傳、短篇或者長篇的，就有許多這樣的敘事智慧，有些已經成為某種典故，例如「等請客」的故事，乃來自「三叔公躺在棺材裡，等請客」這句話，意在諷刺那些動不動就等著別人請客的人。

我國向來重視人文教育，它是我國歷來教育的特質。這是一種人文的修養，講究做人的道理與方法：懂得如何做人，才是最高的知識；學如何做人才是最大學問，尤其在外風進入時更需要深化。為了讓國小高年級以上的學生能閱讀這些敘事智慧，幼獅文化公司改寫了這些傳統文學，編輯成這一套「典藏文學」系列，計有十八本。內容特別強調故事性，都是最有名的故事片段；讀者透過簡潔扼要的文字內容，不只

能提升閱讀文學的樂趣，還能在這些傳統文學裡浸泡，熟悉和了解這些故事的內涵，更能夠吸收到裡頭的精華，進而體悟到其中的人生智慧和哲理，於是乎所謂的文化傳承或者共同記憶，因此產生。

經典文學離我們並不遠

【總序】＝管家琪

中文是聯合國所定的五種官方語言之一，「漢語熱（也就是中文熱）」更已是一種全球性的熱潮。照理說我們都很幸運，生來就能掌握這麼重要、這麼美的一種文學。但是，所謂「掌握」，也僅僅是「會」的意思，可不一定保證就一定能學得好。想要學好中文，一定得大量的閱讀。

任何一種文字，任何一種語言，都不會只是一種單純的工具，它們所代表的是背後的文化，只有了解和熟悉了文化，才可能真正學得好。在這種情況之下，課外閱讀的重要性自然不言可喻。特別是對於經

典文學的閱讀。

經典文學不但是語文的基礎，也是精神文明的基礎。經典文學離我們並不遠，它們就存在於我們的生活之中。譬如我們現在所經常使用的成語和俗語，必定有一個典故，這些典故就都是在經典文學裡。我們可以非常肯定的說，只要是在中文的環境，經典文學將永不消失，只會歷久彌新。

「中國故事寶盒」（一共十二冊）自二〇〇三年九月出版以來，受到很好的回響，還有大陸簡體字版、馬來西亞版以及香港版等不同的版本，此番我們沿續廣受歡迎的「強調故事性」的風格，又挑選了六本同樣是故事性很強、又特別精采的中國古典文學，改寫成小朋友和青少年適讀的版本。希望小朋友和青少年朋友都會喜歡我們為你精心準備的這些精神食糧，並能從中獲得營養，既豐富你的精神生活，也提升你的語文能力。

目錄

【前言】極具魅力的歷史人物包拯

＝管家琪

包拯，字希仁，北宋廬州合肥人。

他是天聖五年（西元一〇二七年）進士，仁宗時任監察御史，後任天章閣待制、龍圖閣直學士，官至樞密副使。

《宋史．包拯傳》中有這樣的記載：「拯立朝剛毅，貴戚宦官為之斂手，聞者皆憚之，人以包拯笑比黃河清……」黃河的水原本是非常渾濁的，老百姓竟

然以「黃河清」來形容包拯，可見包拯在老百姓的心目中，是一位人格多麼崇高、多麼難得的一位清官。

而包拯確實也是歷史上一位少見的清官，為老百姓做了不少事，謀了不少福利。比方說，過去的訴訟方式，原告和被告雙方都不能直接在公堂上陳述，因此徇私舞弊的情況十分嚴重，冤獄的事情時有發生，而包拯在開封府卻敞開衙門大門，允許訴訟雙方一起陳述自己的理由，大大減少了錯案的情事。

包拯一生正義凜然，律己極嚴，不僅不畏權貴，執法如山，同時也非常嚴格的要求自己的子孫，一旦為官，一定要清清白白，千萬不可貪贓枉法，否則「活著的時候不得回家，就是死了也不能埋葬於祖墳之內！」

近一千年來，包拯深受老百姓的愛戴，幾乎可以

說是一個極具魅力的歷史人物，也是民間百姓心目中一位完美的官吏。在南宋時期就已出現不少有關包拯斷案的故事，但是所謂「包青天」這麼突出的形象則是到了元代以後才產生的，包拯甚至也開始被神化，不僅僅負責審理陽間的官司，連陰間的官司也管了。

明代中葉以後，由於政治腐敗，老百姓渴望「清官」的心理益形熱切，以包拯為主角的短篇故事就更多了；到了清代，以這些短篇故事為基礎，又出現了《三俠五義》等長篇公案小說。

特別要說明一下的是，由於這是一本以少年朋友和小朋友為主要讀者的改寫版本，所以在案件的取捨上，我們捨棄了很多「兒童不宜」的「刑事案件」之類的「大案」，但基本上還是都能反應出包青天剛正不阿、執法嚴明且辦案認真的精神，而且，有些「小案」

其實也都深具可讀性，甚至更能表現出包青天的機智，以及他一絲不苟、明察秋毫的行事作風。

奪傘

有一個人，名叫羅進賢。有一天，下著大雨，他剛好必須出去辦事，只好打了一把傘出門。

走到後巷亭，碰到一個人，站在屋簷下喊他：「喂，老兄，幫我一起撐一撐吧。」

這人名叫邱一所，是市井有名的無賴，最會用花言巧語來騙人。不過羅進賢不認識他，否則恐怕根本就不搭理他了。

羅進賢皺了皺眉頭，不情願的說：「雨下得這麼大，你出門怎麼不帶傘呢？」

邱一所說：「我本來有帶傘呀，剛才被朋友借走了，他叫我在這裡等他一下，可是我現在臨時想起來有事要辦，急著要走，你就幫我遮一下吧。」

「雨這麼大，一把傘怎麼遮得下我們兩個人？」

「哎喲，幫幫忙嘛，瞧你也是一個讀書人的模樣，不會沒有這麼一點助人容人的雅量吧？」

羅進賢一聽對方這麼說，不好意思再推拒，只好勉強讓那人擠到傘下來。

走了一段，走到南街盡頭，分成兩條路。這個時候，雨剛好也停了。羅進賢正想要收傘，可沒想到邱一所的動作比他要快得多，已經一把搶過傘，還嘻皮笑臉的對羅進賢說：「我要從這條路走了，你從那條路去吧！」

羅進賢愣了一下，隨即生氣的叫道：「把傘還我呀！」

邱一所笑道：「急什麼？明天再還你就是了。」

「你這個無賴！」羅進賢真的火了，瞪著邱一所罵道：「難道你想搶我的傘嗎？」

邱一所一聽，乾脆無賴到底，居然回罵道：「誰說這是你的傘，這明明是我的傘，快滾吧！」

羅進賢氣壞了，上前扯住邱一所，不讓他走，並且拚命把邱一所扯到包公衙門去。

包公問羅進賢與邱一所：「你們要怎麼證明傘是自己的？有做記號嗎？」

兩人都說，傘是小東西，怎麼會做記號。

包公又問：「借傘的時候，可有別的人看到？」

羅進賢說沒有，邱一所卻說：「他在後巷亭向我借傘時，有兩個人看到了，只是我不認識那兩個人，不知道他們叫什麼名字，恐怕得請大人派人去找。」

包公接著問道：「這把傘的價値多少？」

羅進賢回答：「是一把新傘，價値五分。」

包公大怒道：「爲了區區五分錢的東西，也敢來打攪衙門！」

遂令左右把傘扯破，一人分一半，然後把兩個人統統趕出去。

趕出去之後，包公又悄悄囑人跟在後頭偷聽，看看羅進賢與邱一所兩個人出了衙門之後，都說些什麼。

一會兒，差役回來報告：「一個人罵老爺糊塗，不明事理，另外一個人則對罵老爺的人說，活該，誰叫你要跟我爭傘？」

包公立刻下令：「去把他們抓回來！」

抓回來之後，包公大聲問道：「剛才是誰罵我？」

邱一所馬上指著羅進賢，「是他！是他！」

差役也指證，方才確實是羅進賢罵包大人。

羅進賢嚇得臉孔發白，發著抖拚命解釋：「我——我不是存心要說老爺什麼，實——實在是——覺得冤枉——」

罵了包大人，羅進賢以爲自己八成是死定啦，沒想到包公這時反倒淡淡一笑，「我知道了，你罵我就可以證明那把傘確實是你的。」

這下邱一所可急了。

「怎麼會這樣？方才明明是他無理與我搶傘，見大人沒有把傘判給他，不甘心，所以才輕易辱罵大人啊！」

「住口！你這無賴，還想騙我嗎？」包公瞪著邱一所怒喝：「我是故意扯破傘來試試你們的，否則，哪有工夫為了這種小事還去找證人！」

於是，包公命邱一所賠償羅進賢銀一錢，並命差役痛打邱一所十大板，就此結案。

知道這件事的老百姓都說，包大人真厲害，沒有證人也能判定眞僞。

破綻

廣東潮州府揭陽縣有一個人，名叫趙信，他有一個好朋友，叫作周義。

有一天，周義約趙信一起到京城去採買一些布匹，運回潮州來賣。兩人一起去租了一條船，約好第二天一早黎明時分就出發。

到了第二天清晨，天還沒亮，趙信早早就來了，上了船之後就逕自坐在那兒打瞌睡。船主張潮，是一個歹毒的人，他無意中窺見趙信準備要去京城買布的爲數不少的銀兩，竟起了歹念，見現在才剛四更，路上根本什麼人也沒有，便悄悄把船撐到深處去，然後一把就把趙信推到水裡去！

可憐的趙信，就這樣一命嗚呼了。

張潮分了一點銀子給船上的水手小杜子，威嚇利誘道：「這事算是我一個人做的，只要你別聲張，就什麼事也沒有，還可以白得到這些銀子，否則，你就和我一樣是死罪！」

小杜子嚇得渾身直打哆嗦。

張潮小聲喝令道：「鎮定一點！現在你只管照常去睡覺，就當那個倒楣鬼壓根兒就沒來過，待會兒不管有什麼事，都由我來應付！」

過了好一會兒，天亮了，周義來了。這時，張潮和小杜子都睡得正熟。周義叫醒他們問道：「我朋友還沒有來嗎？」

小杜子低著頭，不敢看周義。張潮打了一個大呵欠，說：「還沒哪，不是約好黎明才上船嗎？」

周義說：「那我們就等一等吧，他應該很快就來了。」

左等右等，等到天色都大亮了，還是不見趙信的蹤

影。周義覺得很奇怪，就要求張潮叫他的水手幫忙去催一下。

張潮擔心小柱子神色不自然，會露出什麼破綻，就自告奮勇，「還是我去吧！」

張潮來到趙信家，拍門叫道：「三娘子！三娘子！開門哪！」

一連叫了好幾聲，趙信的妻子孫氏才來開門。

張潮便裝模作樣的問道：「你們家三官人昨天和周官人一起來租我的船，約好今天黎明就要出發前往京城，現在周官人已經在我船上等了很久，你們家三官人爲什麼到現在還不來？」

「什麼？」孫氏大驚失色：「三官人很早就出門了啊！怎麼會到現在還沒到？」

張潮把這個情況回報給周義，周義低下頭，沉思了一會兒，覺得事情古怪，立刻下船，放棄了要到京城去做買

賣的計畫，趕到趙信家，與孫氏一起到處尋找趙信的下落，但是找了很多地方，都沒有結果。趙信就好像是突然憑空消失了似的。

周義暗忖道：「很多人都知道趙信與我約好要一起出門做買賣，現在他突然不見了，大家一定都會怪我，我還是趕快先去報官，以求自保吧！」

知縣朱一明受理了周義的訴狀，把一堆相關人士統統拘來，然後正式升堂。

知縣朱一明先審孫氏：「說！妳丈夫到哪裡去了？」

孫氏說：「我的丈夫今天早上很早就吃了早飯出門，後來發生了什麼事，我實在是一點也不知道。」

再審船主張潮：「說！趙信到底到哪裡去了？」

「我不知道呀！大人！」張潮說：「趙信和周義昨天確實是一起來租船，說好今天早上黎明出發，可是今天清晨只有周義來了，趙信沒來呀！周義來的時候，我和我的水

手小柱子都還在蒙頭大睡哩，後來我們等不到趙信，周義還叫我去趙信家催過。」

小柱子和周義都證實了張潮的說法。

知縣朱一明想了一下，指著周義，凶巴巴的問道：「你們既然相約一起出門去做買賣，身上肯定都帶了不少銀子，我看一定是你謀財害命，爲了假裝清白，再故意跑到這裡惡人先告狀吧？」

「冤枉呀！大人！」周義急得大叫：「我和趙信是多年好友，我家的經濟狀況向來比趙信家好，再說有很多人都知道我們要一起出門，我怎麼會對趙信謀財害命呢？我來告官，實在是擔心趙信遭遇不測，想來代他伸冤呀！」

孫氏也在旁幫腔道：「今天早上我的丈夫是帶了不少銀兩出門，但是周義與我丈夫的感情向來非常好，我相信他絕不會害我丈夫的，我懷疑會不會是我丈夫到得太早，遇到了壞人……」

說著，眼角不經意的向船主張潮掃了一眼。

敏感的張潮立刻察覺到了，馬上「先下手爲強」，反咬孫氏道：「哼，妳懷疑我，我倒還懷疑妳哩！今天早上到妳家，拍著門，一連叫了好幾聲，妳爲什麼那麼遲才來開門？會不會是當時家裡藏了什麼情夫，所以才沒辦法趕緊來開門？我看三官人搞不好就是被妳和妳的情夫給謀害了吧！」

知縣朱一明詢問幾個鄰居，大家都證實，張潮那天早上到趙信家找人時，確實是拍門大叫，叫了好幾聲「三娘子！」孫氏才來開門。

有一個鄰居牛大嬸，還透露了一件事，說孫氏其實並不贊成丈夫此番要上京城買布的計畫，爲此夫妻兩人還吵鬧了好幾天。

牛大嬸這麼一說，很容易令人起疑——會不會是孫氏由於氣憤丈夫不肯聽自己的話，放棄這次生意計畫，因而心

生怨恨，竟對丈夫驟下毒手？

情況似乎一下子變得對孫氏很不利。

孫氏急了，「我是不贊成我丈夫要上京城去買布，可是他不肯聽我的，我也沒有辦法呀！今天早上，船主來我家找人，我沒有立刻出來開門，是因爲早上我丈夫出門很早，我天不亮就起來爲他做早飯，他出門以後，我回去再睡，睡得太熟了，所以開門才遲了。」

可是朱知縣已不相信孫氏，他認爲船主張潮的研判非常合理，一定是孫氏夥同情夫謀害了親夫，竟下令要嚴刑拷打孫氏！

孫氏一個弱女子，哪能經得起這種酷刑，淒厲的大叫：「罷了！罷了！反正我的丈夫一定已經死了，我也不想活了！」

遂萬念俱灰的招認，是自己害死了丈夫。

朱知縣還想再拷問孫氏把趙信的屍體藏在哪裡，孫氏淚流滿面道：「反正人都死了，我也都承認是我殺的了，何必還要追問屍體的下落！」

朱知縣想想也對，便判定孫氏謀害親夫，必須償命，先收押起來，翌年秋天行刑。

轉眼就到了翌年夏末，包公遍巡天下，剛好來到潮州府，在翻閱卷宗時，翻到此案，深覺可疑，決定要再問問清楚。

不過，包公並沒有勞師動眾的把朱知縣當初詢問過的人，統統再拘來，而單單只把船主張潮拘來。

包公直截了當的問道：「周義叫你去趙信家找趙信，問趙信爲什麼還不來，你在拍門的時候，照理說應該叫『三官人』才對，爲什麼你會一直叫『三娘子』？」

張潮一聽，深感錯愕，一時竟答不上話來。

包公冷冷的看著他，「哼，恐怕是因爲你知道『三官人』早就死了，所以才直接叫『三娘子』來開門吧！」

「不，不是的！大人，冤枉呀！」

包公說：「明明是你謀害了趙信，反而誣陷他的妻子，實在是用心歹毒，還敢不承認！」

張潮這時已恢復了鎮定，心想包公就算是很厲害，看出了自己的破綻，畢竟只是屬於一種研判，又沒有證據，只要自己堅持不肯承認，包公也拿他沒有辦法，因此還是大喊冤枉。

包公下令打張潮三十大板，張潮還是不肯認罪；再打三十大板，張潮仍然咬緊牙關，不認就是不認！

包公只好下令先把張潮關起來再說。

退堂之後，包公又重新反覆研究卷宗，終於想到一個好辦法。

包公把事件發生當天，張潮船上的水手小杜子拘來。

「哼，你好大的膽子！」包公對小杜子怒喝道：「前年趙信的案子我已弄清楚是怎麼回事了，張潮說當天是你把

趙信害死的，今天把你抓來，就是準備要讓你償命的！」

小柱子聽了，臉色頓時被嚇得煞白，急急忙忙的嚷嚷道：「不！他胡說！他亂講！明明是他害死了趙信，他還說這事是他一個人做的，和我沒有關係，我只要別聲張就是了，怎麼現在居然賴到了我的頭上！太過分了！」

小柱子並且把當天的情形仔細描述了一遍。至此眞相大白。

包公再把張潮從牢裡提到大堂之上，與小柱子對質，張潮這才無話可說，終於俯首認罪。

最後，無辜的孫氏被放出來，張潮償命，而那糊塗昏庸的知縣朱一明也被罷黜爲平民。老百姓紛紛傳頌著，只要有包青天在，方可以眞的做到「獄無冤民，朝無昏吏」啊！

賢妻

皇祐元年正月十五日，有一天，包公和幾個部屬一起到城隍廟燒香。燒香完畢，在返回開封府途中，經過白塔巷，聽到一個婦人的哭聲。

「啊！你怎麼丟下我就走了啊！以後的日子叫我怎麼過啊！我還不如跟你一起死了還好些啊！否則，兒子還這麼小，叫我怎麼辦哪！……」

顯然這是一個可憐的婦人，正在哭她剛死去的丈夫。但是，包公下令停住轎，仔細傾聽了一會兒，卻覺得這哭聲頗有蹊蹺；悲哀之情不甚強烈，甚至可以說其中「喜」的成分還大大蓋過了「悲」。

「奇怪，這是怎麼回事？」包公暗暗想著：「會不會是這個婦人謀害了她的丈夫？否則她的哭聲怎麼會半悲半

喜？」

於是，包公立刻下令把那寡婦帶到公堂來問話。

寡婦名叫吳氏，她的丈夫名叫劉十二，平日以賣小菜爲生，幾天前因病剛剛過世。

當包公一見到吳氏，發現她的臉上似乎擦了脂粉，心中的疑惑更深，悄悄推測道：「丈夫都死了，還有心修飾容顏？可見其中必有隱情，她的丈夫一定死得不明不白！」

包公問道：「妳的丈夫是怎麼死的？」

吳氏從容應道：「是得了急症，突然死的。」

包公不信，命人押著吳氏去把她丈夫的屍體挖出來，重新相驗。

負責相驗的人名叫陳尙。相驗完畢，陳尙向包公報告：「死者劉十二的身上並無傷痕，應該確實是病死的。」

包公仍然不信，生氣的拍桌大罵道：「豈有此理！一定是你怠忽職守，要不然就是存心協助吳氏隱瞞！限你在

三日之內弄個清楚，再來向我報告，否則絕不輕饒！」

陳尚回到家，愁眉不展，憂慮萬分，急得不得了。

他的妻子楊氏，關心的詢問：「發生了什麼事？你今天的樣子很不對呀！」

「唉，我眞不知道該怎麼辦啊！……」陳尚把這件棘手的事，一五一十向楊氏傾訴了一番。

楊氏聽了，沉默了一會兒，又問：「你有沒有檢查過死者的鼻子？」

陳尚奇怪道：「鼻子？我從來沒有想過要檢查鼻子啊！鼻子裡會有什麼問題？」

楊氏緩緩的說：「我曾經聽說，如果用鐵釘插入別人的鼻子裡，就會讓那個人死於非命……你何不勘查一下？」

「是嗎？會有這種事？我怎麼從來沒聽過？」陳尚半信半疑，立刻跑回去專程檢查劉十二的鼻子……

結果，令他大吃一驚的是，他在劉十二的鼻子裡，果

然發現了兩根鐵釘！再仔細檢查，這兩根鐵釘是從劉十二的後腦釘進去的。

陳尚趕緊去向包公報告。包公滿意的說：「哼，我就知道一定有問題！」

遂把吳氏抓來，重新再審。吳氏起初還是不肯招供，一直到後來包公下令上起刑具，吳氏才不得不供認——爲了想與情人張屠戶長相廝守，丈夫確實是被她謀害的。

至此眞相大白，包公判吳氏謀害親夫，很快就押赴刑場問斬，張屠戶也發配充軍。

事情到這裡還沒結束。

包公詢問陳尚：「是誰教你去檢查劉十二的鼻子？」

陳尚老實回答：「最初我的確不知道鼻子裡面也該檢查，是小人的賢妻有見識，教我不妨如此檢查的。」

「哦，你的妻子居然有如此見識，肯定不是一個等閒的婦人，」包公說：「明天叫她來我這裡領賞吧！」

第二天，楊氏高高興興的來了。包公說，爲感謝她協助查明眞相，特別賜她五貫錢以及一瓶酒。

「謝大人！」楊氏歡歡喜喜的領了賞，正要走出開封府，忽然又被包公喚住。

包公問道：「妳和陳尙是結髮夫妻嗎？」

楊氏一時摸不著頭腦，不知道包公爲什麼會這麼問，只好照實回答：「不是的，妾身前夫早死，是再嫁給陳尙爲妻的。」

「妳的前夫叫什麼名字？」

「姓梅，名小九。」

「他是怎麼死的？」

「病死的。」

「什麼病？」

楊氏看包公面容嚴肅的一路追問，不禁神情有些異常，不大自然的勉強應道：「他是染瘋癲病死的。」

包公還不罷休，繼續問道：「妳把他埋在哪裡？」

這時，楊氏的表情更僵硬了，停頓了一會兒，才勉強鎮定的說：「因爲那時家貧，幾乎無力安葬，所以草草葬在南門外的亂葬崗。」

「哼，」包公冷笑道：「我看妳的前夫一定也是死得不明不白。」

楊氏的雙眼充滿了驚懼，嘴巴張得大大的，但一個字也說不出來。

包公隨即命差役押著楊氏一起來到南門外的亂葬崗，要重新相驗梅小九的屍骨。

「說！」差役喝問楊氏道：「哪一個是妳丈夫的墳？」

楊氏稍稍遲疑了一下，指了一個。

差役把那座墳挖開，再把屍體搬出來，仔細相驗，結果證實這具男屍不僅身上毫無傷痕，鼻子裡面也毫無異樣，根本找不到什麼鐵釘。

這會兒，楊氏的神情明顯的輕鬆很多，聲音也大多了，語帶譏諷的說：「別人都說包大人是包青天，沒想到包青天居然會如此血口噴人，差點兒就要把民婦給逼死了！」

就在差役正考慮是否要立刻回去覆命的時候，有一位看來至少已七十多歲的老先生，扶杖而來，一臉正氣的指著楊氏道：「妳不要在這裡胡說八道，胡亂指認別人的墳墓，讓別人死後也不得安寧……」

說著，便指著一座墳告訴差役：「這才是梅小九的墓！」

話剛說完，老先生忽然就不見了，彷佛是化作一陣清風而去。

差役們不由得竊竊私語：「會不會是土地公顯靈啊？」

而方才還神氣活現的楊氏，早已冷汗直流，渾身直打哆嗦。

眾人一起挖開老先生所指的墳，果眞在墳中男屍的鼻子裡面，發現了兩根鐵釘！

後來，楊氏供認，前夫梅小九確實是她殺的，原因是夫妻不和，她希望藉此永遠擺脫梅小九。

包公遂也以謀害親夫的罪名，將楊氏處斬。她的現任夫婿陳尙雖然心如刀割，卻也無可奈何，畢竟楊氏所犯的罪，是天理難容的啊！

啞子棒

這天一大清早，包公剛在公廳坐定，就有差役進來報告：「門外有一個姓石的啞子，持著一根大棒，天不亮就在門外等著，好像想要求見大人。」

包公說：「那就讓他進來吧。」

啞子被帶進來之後，一副激動萬分的模樣，朝著包公拚命跪拜。

包公示意他不必多禮，並詢問他有什麼事？

啞子咿咿呀呀的叫著，表情憤恨，眼眶裡不時還滾動著淚珠，但是他比手畫腳了半天，什麼也表達不清楚；叫他用寫的，他又是一個文盲，大字不識一個，根本無從寫起。

這時，有差役告訴包公：「只要一有新官上任，這小

子就會持著一根大棒求見，似乎是要告狀，可他偏偏是一個啞子，開不了口，告不了狀，有的大人不耐煩，還乾脆命人就用他帶來的這根大棒先把他打一頓，再把他攆走，大人也不必再問他了。」

包公心想：「這啞子一定是有什麼冤枉的事，找不到人替他作主，才會寧可冒著挨打的危險，屢屢試著來告狀。」

想到這裡，包公對啞子不禁充滿了同情。

他詢問差役們：「你們可有人了解他的情況？」

眾人紛紛搖頭。

包公又想：「那就找一個了解他情況的人，來替他伸冤吧！」

遂命人拿了一些豬血塗在啞子的手臂上，再上一副長枷，然後押著他去遊街。

包公命幾個公差裝扮成老百姓的模樣，混在街上百姓

之中。包公囑咐道：「如果有人爲這個啞子叫屈，就帶來見我。」

啞子遊街不久，公差果然帶了一位老先生回來，向包公報告：「這個老先生頻頻爲啞子抱不平，還批評大人太過蠻橫無理，說就算不能爲啞子主持公道，也不應該把他打成這樣。」

跪在地上的老先生聽到公差這麼說，以爲自己一定是大難臨頭，嚇得面色慘白，渾身發抖，拚命磕頭道：「大人饒命！大人饒命！小的口無遮攔，請大人恕罪！」

包公微微一笑，和顏悅色道：「你不要害怕，我只是想請你把你所了解的這個啞子的情況，說給我聽聽。」

老先生這才放下心來，「原來是這樣！這個石啞子，說來也眞可憐，他從小就是一個啞子，上面有一個哥哥，名叫石全，石啞子父母原本指望讓他至少這一輩子能過著衣食富足的生活，沒想到石全在父母死後，就霸占了所有的財產，還把石啞子給趕了出去。石啞子幾乎年年告官，但都沒有辦法伸冤，而我們一般鄰里畏懼石全在地方上的勢力，也沒有人敢站出來幫這個石啞子。」

包公了解了情況之後，決定一定要幫石啞子討回屬於他的權益。於是，包公命人立刻去把石全給找來。

然而，當包公問石全：「這啞子是你的同胞兄弟嗎？」石全居然硬是不承認，「我是家中獨子，這啞子怎麼會是我的同胞兄弟？他以前只不過是在我家養豬的，後來我是看他好吃懶做，不肯好好幹活，才把他趕走的。」

一旁的啞子聽見石全這麼說，又哭又叫，十分氣惱；但可悲的是，父母都已過世，現在親哥哥又不認他，他能怎麼辦呢？……唯一的希望，就是包大人能夠爲他主持公道了……

然而，令啞子大爲意外的是，包大人似乎也立刻相信了那個沒良心的哥哥的話！聽完哥哥的陳述之後，沒有再

多問什麼，就放哥哥走了。

看到哥哥歡天喜地又頗爲得意的離去，石啞子眞是失望極了……看來，人世間眞的沒有天理……想到這裡，淚水就無聲無息的不斷的流下……

不過，石啞子不知道，其實包公自有他的打算。

石全離去之後，包公就把石啞子叫過來，對他說：「你不是有一根大棒子嗎？以後你在街上只要看見你哥哥，就上去打他一頓，我保證你沒事。」

過了幾天，石全果然一身狼狽的跑來府衙告狀，說自己的胞弟不尊禮法，竟當街毆打胞兄。

「哪個胞弟？」包公問道。

石全氣呼呼的說：「就是那個啞子啊！」

「你是說前幾天在這個公堂之上見過的啞子？」

「是啊！」

「這可就怪了，」包公說：「那天你不是明明說你是獨

子，沒有兄弟，還說那啞子從前只不過是在你家養豬的，怎麼這會兒倒又成了你兄弟？」

「啊，這個，這個……」石全這才知道自己上了當，結結巴巴的說不出話來。

包公威嚴的對石全說：「那啞子既然是你的親兄弟，你怎麼可以霸占屬於他的那一分財產？」

石全低著頭，無言以對。

包公就命公差押著石全和石啞子回去，當場監督石全把所有家產分了一半給石啞子。

地方上知道這件事的人，都紛紛表示，眞是大快人心！

識途老騾

在開封府南鄉有一個姓張的大戶人家。有一天，張大爺騎著馬，帶著家僕興福一起到村子裡去收租。

收租完畢，張大爺臨時起意，想在村子裡多待一會兒，和朋友聚一聚，便交代興福先把馬騎回家。

走著走著，經過一棵大樹，興福停下來，把馬繫好，坐在樹下稍事休息。這時，有一個名叫黃洪的人，騎著一匹瘦騾經過，也停下來，就坐在興福不遠處，也是一派休息的模樣。

黃洪主動親切的招呼興福道：「大哥，你要去哪裡啊？」

興福說：「我回南鄉。」

「南鄉？喔，我剛從那兒來呢，那兒不錯，是一個好地

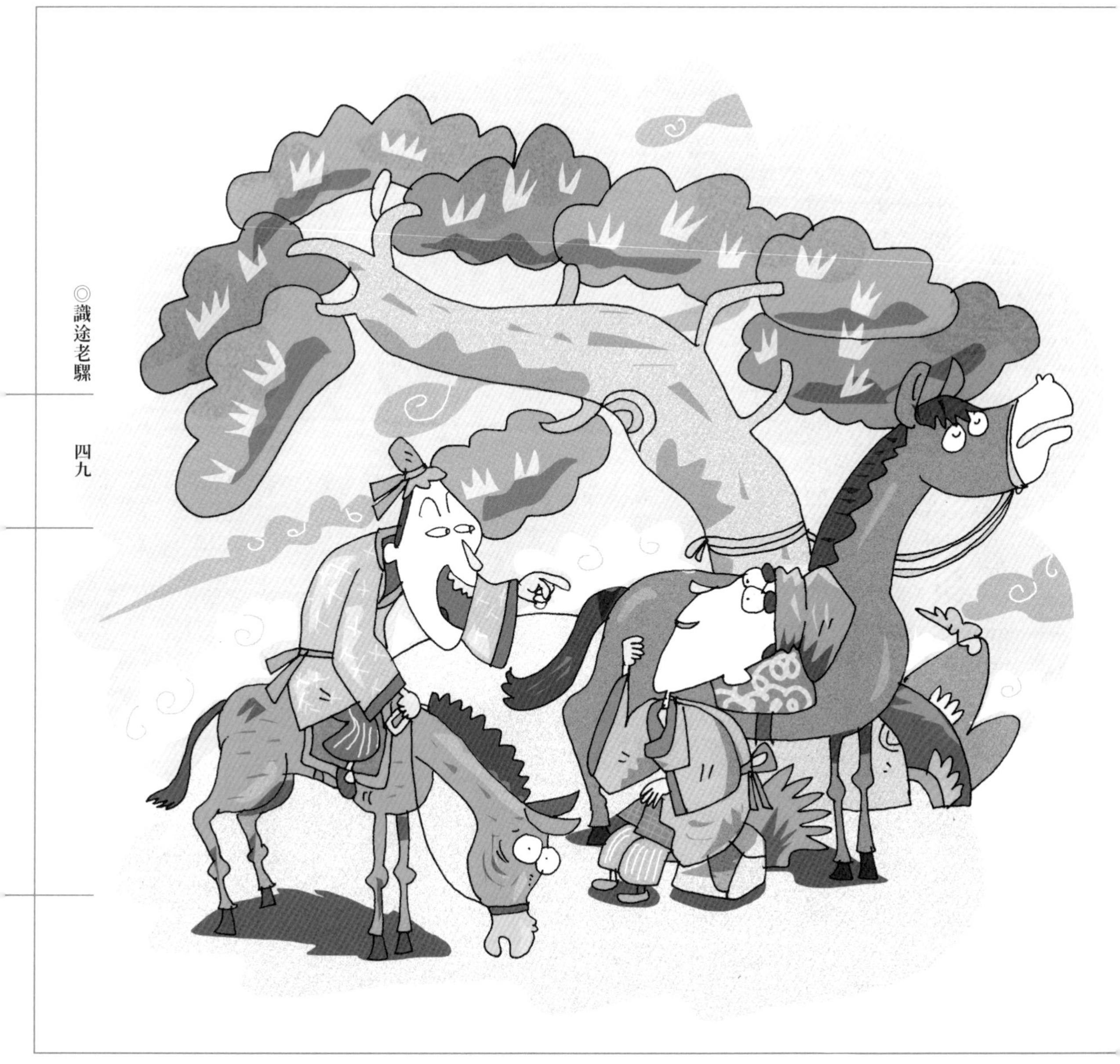

方。大哥，您今天是出來辦事啊？」

「是啊，我送我們家老爺往莊上收租，老爺有事耽擱了，要我先回去。」

兩人就這樣聊了起來，聊得相當投機。

聊了好一會兒，黃洪問道：「大哥，這匹馬一定是你們家老爺的吧？」

黃洪羨慕的說：「眞是一匹駿馬啊——唉，有道是『人比人，不能比；人比人，氣死人。』眞是一點也不錯！你看，有錢人騎的馬就是不一樣！像我們這種人，就只能騎這種又老又瘦的騾子，想來眞是令人喪氣！不過——」

黃洪話鋒一轉，酸溜溜的對興福說：「你倒好啊，儘管這匹馬不是你的，可你畢竟還是有機會騎到這麼好的馬呀，怎麼樣？感覺一定很不錯吧！」

老實的興福被黃洪這麼一說，簡直不知道該如何接腔，愣了一會兒，才勉強想出一句話：「呃——其實，也就那麼回事——」

突然，黃洪興致勃勃的要求道：「大哥，可不可以借我騎一下？」

「這——這不好吧？這是我們家老爺的馬啊。」

「哎呀，拜託啦，讓我騎上半里路，過過癮就好！」

興福覺得黃洪看來不像是壞人，心想，既然他那麼想騎，就讓他騎一下吧，算是做做好事，反正老爺又不會知道。

「好吧，」興福說：「就騎半里。」

「夠了，夠了！」黃洪歡天喜地的躍上馬，興奮的直嚷嚷，「大哥，你人眞好！」

被黃洪這麼一奉承，興福還眞有些不好意思，擺擺手，連聲說：「哎呀，小事一樁，去吧，去吧。」

黃洪吆喝一聲，策馬前行。興福帶著微笑看著，心裡爲自己滿足了人家這麼一個小小的心願而感到十分愉快。

然而，過不了多久，令興福吃驚的事發生了！

黃洪騎著馬，走了半里路之後，非但不回韁，反而還策馬狂奔起來！

「啊！哎呀！」興福跳起來，這才意識到自己被騙了！

「——老爺的馬被拐走了！」

興福氣急敗壞的拚命的跑、拚命的追，但是，狡猾的黃洪早已快馬加鞭，跑得沒個影兒了，怎麼可能還追得上？

興福喘著氣，後悔莫及；但是，事情已經發生了，該怎麼辦呢？……他愣了好一會兒，實在是一點辦法也沒有，只好硬著頭皮、忐忑不安的牽著那匹又瘦又老的騾子，轉回方才那個村莊去見主人。

張大爺聽了興福的報告，眼看自己的一匹駿馬居然變成了一匹劣騾，勃然大怒，先把興福痛罵了一頓，再叫興福趕緊牽著那匹騾去開封府告狀，請包大人幫忙找回自己

的馬。

包公看了狀紙，詢問興福：「騙你馬的惡棍叫什麼名字？」

興福一臉尷尬的回答：「只不過是在半路上偶遇，所以——不知道叫作什麼名字——」

「那你一定也不知道他是哪裡人？家又住在哪裡？」

「是——小的確實不知道——」

包公說：「你這個鄉民眞是不懂事！既不知道對頭姓名，又不知道人家的下落，居然也跑來告狀！」

興福苦苦哀求道：「請大人幫幫忙，救救我吧！如果找不回馬，老爺恐怕要打死我的！」

包公沉思片刻，「好吧，我試試看。你先把那匹騾留在這裡，三天後再來吧！」

興福叩頭離去。包公隨即命差役將那匹騾牽入馬房，整整三天，不給牠一點草料，直把那匹騾餓得嘶鬧不已。

過了三天，興福滿懷希望的來見包公。包公命興福在幾個差役的陪同之下，牽著那匹騾出城，來到那天興福被騙的鄉間小路上。一路上，只要碰到草地，差役們都死死拉著那匹騾，不准牠接近，一直到了那天騙馬事件的事發地點，才放開韁繩，讓那匹騾自由行動。

騾子跑了起來，一直跑了四十里路，來到一個叫作黃泥村的地方，朝一棟不起眼的瓦房直奔！

快要接近瓦房時，騾子就已經扯開喉嚨拚命嘶叫。

屋裡的黃洪聽見了，起初還不敢相信，納悶的想著：「奇怪，我怎麼聽見那騾子的叫聲？」

等到走出來一看，發現果然是自家的騾子回來了，真是大喜過望，得意的笑著說：「哈哈！看你其貌不揚，沒想到還滿聰明的嘛！居然還認得路，能夠自己跑回來，這下子我真是賺到了！」

不過，他當然還沒有高興多久，就被方才躲在草叢裡

的差役們給抓住了。

包公命人重打黃洪七十大板，並枷號示眾，連那匹識途老騾也一併充公；現在，輪到黃洪後悔莫及了。

血衫叫街

在包公守肇慶的時候，距離肇慶城大約三十里，有一個地方名叫寶石村，村中有一個黃姓人家，祖上一向務農，家境相當不錯。

黃老先生有兩個兒子，長子黃善已經娶妻，妻子名叫瓊娘，娘家在肇慶城內，是家中唯一的掌上明珠。瓊娘雖然是城市裡的千金小姐，但並不嬌氣，且特別賢慧，自嫁到黃家之後，非常孝順公婆，與丈夫的感情也非常和睦，甚得全家人的喜愛。

在瓊娘與黃善成親還不滿一年的時候，有一天，瓊娘娘家的一個小僕，突然從城裡來到寶石村黃家，找到瓊娘，告訴她：「老官人最近病了，叫妳回家去看看他。」

「什麼？父親病了？」瓊娘急得不得了，馬上就去田裡

找丈夫黃善，說因爲父親生病，她現在就和小僕一起回娘家去探望，可能要住上幾天，請丈夫代爲向公婆說一聲。

黃善卻不同意。黃善說：「妳一個婦道人家，和一個小僕一起進城，多不安全！何況老丈人病了，我這個做女婿的也理當一起去探望，只是眼下正值收割，人手不夠，我實在是走不開，還是等過些時日，我再陪妳一起回去吧！」

瓊娘心急如焚的說：「父母膝下就我一個孩子，現在父親病了，眼巴巴的盼著我回去，我怎麼能夠再多等幾天？」

然而，黃善仍然堅持不肯放她走，弄得瓊娘一整天都悶悶不樂。到了晚上，想到不能及時趕回去探望病中的父親，瓊娘焦慮難過得睡不著覺。左思右想、輾轉反側了大半夜之後，一向溫順的瓊娘做了一個大膽的決定——既然丈夫不讓她此刻回娘家，她乾脆就偷溜回去吧！

念在她也是一片孝心，思父情切的分上，她相信丈夫最終一定還是會諒解的。

第二天一早，黃善吃罷早餐，就匆匆忙忙吆喝著工人一起去田裡收稻子，瓊娘趕緊梳妝打扮，帶了一些簡單的衣物，和娘家來的小僕，一起悄悄的從後門溜出去。

這個時候，天還未大亮，晨霧相當濃。主僕二人，一個在前，一個在後，匆匆趕路，走了好幾里之後，來到一片樹林。

小僕說：「太陽還沒出來，霧又似乎比剛才更濃了，我們在樹林裡很容易迷路，不如找一個地方先等一等，待會兒霧散了之後再走吧。」

瓊娘想想也對，看到前面有一座亭子，便說：「我們到亭子裡去歇歇吧。」

不一會兒，有三個屠夫起早要去買豬，也經過此地。其中有一個名叫張蠻的屠戶，本來就是一個不大正派的

人，現在看到瓊娘，注意到瓊娘的頭髮上插了好幾個金銀首飾，遂產生一種歹念。

張鑾偷偷對兩個同伴說：「你們看，這個娘子一定是有錢人家的少奶奶，首飾這麼多！我猜她一定是要回到城裡去探親的……反正只有一個小廝跟著，不如我們劫了她的首飾吧！肯定要勝過我們做好幾天的生意。」

兩個同伴也不是什麼好東西，經張鑾這麼一慫恿，又見那小廝絕對不可能是他們三個人的對手，也就很同意張鑾的這番「好主意」。

原本端坐在亭子裡的瓊娘，見到三名大漢眼露凶光，頗有些不懷好意的朝她走來，猛然意識到自己插在頭髮上的首飾太多，犯了「財不露白」的大忌，趕緊把首飾統統拔下來，放進左邊的衣袖中……

她才剛放進去，三名凶神惡煞的大漢已在瞬間衝到她和小僕的面前，一個撂倒小僕，一個動手抓住她的衣袖，

想要硬搶她的首飾。

「救命啊！搶劫啊！」瓊娘死死扯住衣袖，怎麼也不肯鬆手。

張蠻急了，唯恐萬一又有別的路人剛巧經過，那可就麻煩了。

他打定主意，一定要趕快速戰速決，於是，抽出一把屠刀，連眼也不眨一下的就朝瓊娘的左手砍了下去！

瓊娘慘叫一聲，跌倒在地，衣袖裡的首飾當然全被那三個強盜給搶去了！

小僕奔過來，只見瓊娘不省人事，滿身是血，身上所穿的一件短衫更是沾滿了血汙。

小僕驚慌失措的衝回黃家。黃善一聽說這件事，懊惱的大叫道：「哎呀，不聽我的話，非要自己先回去，真的碰上壞人了！」

黃善立刻慌忙叫了三、四個人，跟著小僕來到樹林，

把瓊娘抬回家中，再請大夫來替她治傷。

等到一切都安排好了，黃善毫不耽擱，馬上領著小僕趕到肇慶，去找青天大老爺——也就是包公哭訴。

包公看完訴狀，問小僕：「那三個強盜是什麼樣子？」

小僕努力想了一下，「不好說——我倒覺得看起來很像屠夫。」

「搞不好就是。如果眞的是屠夫，現在或許還沒進城呢——要是再碰到他們，你認得出來嗎？」

小僕很有把握的回答：「肯定認得出！」

包公想了一會兒，想到一個計策。

首先，他命黃善馬上回家，把瓊娘那件沾了血汙的短衫拿來，叫一個剛到此地報到、幾乎沒什麼人會認出他的公差穿上便服，再罩上那件血衫，在肇慶城的大街小巷來回穿梭，假稱自己早上在城外的樹林，看到三個屠夫被劫，其中一個屠夫因爲與惡賊搏鬥，被殺死在樹林中，另

外兩個同伴則落荒而逃……

這個罩著血衫、假裝是外地人的公差很快就引起了大家的注意；大家都在想，連一個旁觀者的身上都沾了那麼多的血汙，可見當時的搏鬥有多麼的慘烈……

公差走到東巷口，這裡正好是那屠夫張蠻的家。張蠻的妻子聽說了這件事，著急的走出來問道：「你看清了那三個屠夫的樣子嗎？我丈夫今天一大清早就說要出去買豬，也不知道是找誰去、幾個人一起去，到現在還不回來，唉，眞是急死我了！」

接下來，幾個公差就坐在附近一家可以看得見東巷口的酒店中等著。一直等到午后，張蠻終於晃晃悠悠的回來了，公差們一擁而上，迅速制服了張蠻，押著他去見包公。

小僕一看到張蠻，肯定的說：「就是他！就是他動刀的！」

公差們也從張鑾的身上搜出了幾件金銀首飾。

包公喝問道：「這些東西你是從哪裡來的？」

張鑾早就嚇得面如土色，支支吾吾的說不出話來。

「哼，簡直是無法無天！」包公拍桌大罵：「還不趕快把同伙交代出來！」

就這樣，短短還不到一天的工夫，三個惡賊就全部被抓獲，瓊娘被搶的首飾也全部被追了回來。不久，這三個強盜全部問斬。

畫軸裡的祕密

順天府香縣有一個鄉官知府名叫倪守謙，家財萬貫，原本只有一個獨子，就是髮妻所生的善繼。倪守謙臨老又納了一個小妾梅氏，梅氏也生了一個兒子，倪守謙取名爲善述。

本來老來得子也是一件值得高興的事，可是倪守謙的心裡卻有些隱憂。他知道善繼爲人吝嗇刻薄，對於突然多了一個弟弟來和他分家產，一定非常惱怒；倪守謙擔心當自己哪一天離開人世以後，善繼恐怕容不下善述，勢必會對善述不利。

在次子善述剛滿周歲的時候，倪守謙得了病，自知不久於人世，便把長子善繼叫到病榻前，鄭重囑咐道：「你是嫡子，又年長，能夠管事，現在我將家產細目全部書寫

下來，並且全部交給你。你的弟弟善述還小，不知道能不能順利長大，如果長大，希望你爲他娶一房媳婦，再分一棟房子、數十畝田地給他，讓他衣食無虞就可以了。」

至於梅氏，倪守謙則交代善繼，如果她願意改嫁就改嫁，願意守節就守節，反正都隨她的意願，希望善繼不要虐待她。

善繼看老父把家產全部都給了他，非常高興，也就沒有要爲難梅氏和善述的意思。

梅氏得知倪守謙這樣的安排則當然十分不滿，抱著小善述哭泣道：「員外把家產都給了大郎，我的兒子將來長大成人以後，該怎麼辦啊！」

倪守謙嘆了一口氣道：「我這麼做，正是爲了保護你們母子啊……再說，妳還年輕，也不知道妳會不會改嫁……」

梅氏激動的賭咒道：「我絕不改嫁，否則就不得好死！」

「既然如此——我準備了一幅畫給妳，妳千萬要好好珍藏，等么兒長大之後，如果他哥哥不肯照顧他，不肯分家產給他，妳就拿著這幅畫去告官，不過，妳要注意，千萬要去找一個廉明的官吏啊！」

幾個月之後，倪守謙就病故了。

年紀輕輕的梅氏，遵守諾言，儘管旁人都勸她改嫁，她毫不動心，死心塌地的只想把兒子拉拔長大。

轉眼，十八年過去，善述已經十八歲了，向哥哥善繼要求分家產，可是，家產早就全讓善繼給霸住了，他可一點也沒有要分給弟弟的意思。

善繼先是十分惡劣的說：「哼，我爸爸生你的時候都已經八十歲啦，哪有人八十歲了還能生兒子？搞不好你根本不是我父親的親生骨肉哩。」

梅氏聽到這樣的話，大怒道：「這是什麼話？簡直是欺人太甚，對我莫大的侮辱！」

善繼大概自己也感覺到此言過分，便不再說類似的話，但仍堅持道：「當初父親已經白紙黑字，明明白白的把全部家產都給了我，今天我爲什麼還要分給你呢？」眼看善繼如此吝嗇，對善述毫無手足之情，梅氏和善述母子倆沒有辦法，只好另謀他途。

梅氏想起當年丈夫病重時，曾交給過她一個畫軸，並交代她必要時就持著那個畫軸去找一位賢能清廉的官。梅氏聽說包公非常賢能且清廉，遂按照亡夫的指示，持著那個珍藏十八年的畫軸去找包公告狀。

包公聽了梅氏的訴說，把畫軸展開來，只見是一幅倪知府的畫像；倪知府端坐在椅上，神情嚴肅，以一手指地。

「這是什麼意思？」包公一時看不出這幅畫究竟意味著什麼，更不明白自己怎能憑著這幅畫爲梅氏母子倆作主，爲善述分得家產？

包公只好對梅氏說：「妳先把畫留下來，待我仔細想想。」

退堂之後，包公把這幅畫掛在書齋，再三研究。但是，看了半天，仍然看不出什麼名堂。

包公忽然靈光一閃，思忖道：「會不會是畫軸中藏了什麼東西？」

於是，動手拆開一看——畫軸內果然藏著一張紙！仔細一讀，原來是倪知府的手書……

翌日，包公親自來到倪府，對善繼說：「昨天夜裡，你父親的英靈在我書齋顯現，把你家的家事統統告訴我了，並且叫我來告訴你……」

這時，善繼的臉上青一陣、白一陣，看起來極不自然，忐忑之情溢於言表。

包公心想：「倪知府說得不錯，這大兒子果然是非常的薄情貪財！」

表面上，包公卻不動聲色，只是淡淡的說：「你父親希望你把新宅旁邊那棟舊的小屋分給你弟弟，你覺得怎麼樣？」

善繼鬆了一口氣，立刻同意：「好啊，沒問題！」

「你父親還說，小屋裡的東西，也都給你弟弟，其他的房產和田產還是統統歸你，你覺得這樣公平嗎？」

善繼暗暗盤算著：「那棟小屋裡不過就是些破破爛爛的家具，還有一些不值錢的東西，沒什麼好捨不得的。」

於是便滿臉堆笑道：「公平，公平！我覺得父親這樣安排實在是再合情合理也不過了。」

梅氏和善述母子倆則在旁邊急得要命，一直小聲嘀咕著：「怎麼會這樣？怎麼會這樣？」

包公繼續說：「你父親還告訴我，那間小屋裡埋了一萬兩銀子和一千兩金子。」

梅氏和善述一聽，臉上都爲之一亮，重新又燃起了希

望。

善繼可一點也不相信，因此還是很大方的說：「就算是這樣，那些金銀也是我父親要留給我弟弟的，我絕不會要和他分。」

「現在知道他是你弟弟了？」包公神色凜然的對善繼說：「那些金銀，就算你想分，也絕不容你分！」

遂命差人帶著善繼、善述和梅氏一起去掘開小屋的地面，果然找到了一萬兩銀子和一千兩金子！

梅氏和善述喜極而泣，善繼則幾乎要呆掉了！

包公將倪守謙藏在畫軸裡的那封遺囑拿出來。眾人仔細一看，發現那一千兩黃金是倪守謙要送給那位能替梅氏和善述母子倆作主的廉明官，可是包公堅決不要，反而將黃金也送給梅氏養老了。

烏龜告狀

這一年，包公出巡經過浙西，來到新興驛，停下來休息。

包公剛在公廳坐下來，就看到屋外有一隻個頭兒不小的烏龜正對著他，脖子伸得長長的，眼睛睜得大大的，模樣看來十分古怪。

許多衙役也都注意到了，紛紛說：「奇怪，這烏龜是怎麼回事？是從哪裡跑來的呀？」

包公注視了烏龜一會兒，喃喃自語，「難道牠是想要跟我告狀？」

奇怪的是，明明包公的聲音很低，那隻烏龜卻像聽見了似的，竟緩緩的向包公點頭。

包公心想：「如果這眞的是一隻有靈性的烏龜，那

麼，牠一定是爲人伸冤來了。」

正這麼想著，方才好長一段時間還一動也不動的烏龜突然開始動起來了。牠緩緩的掉轉身子，緩緩的朝院外爬去。

包公猜測這隻烏龜是想帶他去什麼地方，便命令幾個衙役，好好跟著烏龜，看看牠究竟要到什麼地方去。

那幾個衙役跟了好久好久，（其實也就是離公廳大約一里的地方），看到一口廢井，接著，那隻烏龜就爬進井裡去了。

衙役們立刻回來向包公報告。（回來時所花的時間要短多啦！）

包公暗忖，那口井裡面一定有名堂，命人下井查看。結果，果然不出包公所料，井裡居然有一具男屍！

吊上來一看，膚色居然還沒有改變。包公詢問附近的老百姓，但沒有一個人認識。包公再命人細搜男屍的身

上，找到一張「路引」。

（「路引」是過去流傳甚廣的一種民間習俗，猶如一種給鬼專用的通行證。在過去，許多人都相信，通往冥府之路必定有很多關卡，所以一定要爲死者寫一張路引，就可以通行無阻；如果是客死異鄉，路引就更加重要，許多人深信，如果沒有路引，亡靈就很可能在外遊蕩，回不了家，而孤魂野鬼又是最容易作祟的。）

「路引」上面都會寫上死者的姓名和籍貫，這張從井底男屍身上找出的路引也不例外；根據路引上的記載，死者是浙西一位名叫葛洪的人。

包公馬上派人去葛洪的家鄉詢問。

詢問的結果倒是令人意想不到——葛洪家鄉的人都說，葛洪早在一年多前某一天，經過汴河口時，不幸失足落水淹死了！

「荒唐！」包公覺得更加可疑，「如果這個人是淹死的，他的屍體又怎麼會在井裡？哪有一個人在兩處死的道理！去把他的妻子帶來，我要親自問話！」

待葛洪的妻子孫氏被帶來以後，包公問她：「妳丈夫是怎麼死的？」

「一年多前淹死的。」孫氏仍然這麼說。

「好，」包公命令衙役，「帶她去認屍。」

當孫氏一見到井底男屍，眼睛和嘴巴都張得好大，愣了半晌才猛然發出一聲淒厲的哭喊：「這是我的丈夫啊！可是——怎麼會？怎麼會這樣？我早在一年多以前就已經把他給埋了呀！」

包公冷靜的問：「一年多前那個溺死的人，妳是怎麼知道他就是妳的丈夫呢？」

「那個人的身上有一個錦囊，那個錦囊是我母親親手縫製的，先夫天天都掛在身上，從不離身，所以——儘管當時那具屍體的相貌已無法辨認，但我一看到屍體上繫著的錦

囊，就相信那個人是我的丈夫了。」

包公又問：「當初又是誰發現那個溺死的屍體的呢？」

孫氏想了一想，「我也不知道……只是，先夫和一個朋友一起外出做生意，回來的時候，經過汴河口，又遇到另外一個老朋友，先夫一時興起，就和那個老朋友到附近一座寺廟去玩……」

「等一下，和妳丈夫一起出去做生意的朋友叫作什麼名字？妳認識嗎？」

「認識，但不是很熟——他叫作陶興。」

「所以，妳丈夫沒有和陶興一起回來，是不是？陶興告訴妳，妳丈夫在汴河口碰到老朋友，一起又去玩了？」

「是的，陶興替先夫把做生意賺的錢先送回來，並且帶來先夫的口信，說他和朋友去玩，兩、三天後就回來，但是我一等就等了七、八天，也不見先夫的蹤影，有一天，陶興跑來告訴我，說在汴河口發現了一具男屍，大家猜測

大概是失足落水，陶興要我去認認看，我就去了……」

包公又命人察看井底男屍的身上有沒有錦囊：他猜想一定是沒有的，察看結果，果眞如此。

包公把這整個事情細細想了一遍，推測一定是陶興謀財害命，害死了葛洪，然後把葛洪從不離身的錦囊解下，繫在一具不知名的男屍身上，以此來誆騙孫氏。

「來人啊！」包公下令，「去把那陶興給我抓來！」

當陶興被抓到包公面前的時候，當然是矢口否認，再三喊冤。包公便命人把陶興帶到葛洪屍體的面前，凜然問道：「你敢在他的面前喊冤嗎？」

陶興一見到葛洪的屍體，嚇得魂不附體，渾身猛打哆嗦，結結巴巴道：「他——他——他——」

「哼，你一定是要說——『他怎麼會在這裡？』對吧！」

包公厲聲說：「還不快從實招來！」

早已六神無主的陶興，見在劫難逃，只得俯首認罪。

包公推斷得一點兒也沒有錯，一年多前，陶興確實是見財起意，謀害了葛洪；就在經過新興驛附近這口井時，陶興事先勘察過，知道這口古井深不見底，便趁葛洪不注意的時候，猛然出手，用力一推，把葛洪推進了古井！

事後，陶興侵占了葛洪絕大多數的錢，只把小部分的銀兩送回葛洪家，對葛洪的妻子孫氏編了那一套什麼葛洪在汴河口遇到老朋友，一起去遊玩，要遲幾天才能回家的謊話。

接下來，陶興又在亂葬崗找了一具身高體形都和葛洪頗爲類似的男屍，再把先前從葛洪身上解下來的那個珍貴的錦囊，繫在男屍的身上，然後把這具男屍丟在汴河口，最後又假裝好心的跑去告訴孫氏，葛洪遲遲不回來，讓他十分擔心，聽說汴河口發現了一具不知名的男屍，他忍不住去偷看了一下，覺得有一點像葛洪，可是又不能確定，建議孫氏不妨去看一下……後來，孫氏果然中計，憑著丈

夫那個幾乎從不離身的錦囊，就把那具面孔已經無法辨認的男屍，誤當成是自己的丈夫。

陶興原本以爲自己幹的這件壞事眞可說是天衣無縫，毫無破綻；隨著假葛洪入土，隨著時間一天一天的過去，他更加相信永遠不會有人知道這件事……

沒想到，一年多以後，他還是被逮到了！

而孫氏在得知原來是有一隻烏龜向包公告狀，包公才得以發現沉冤井底的亡夫時，恍然大悟道：「先夫在出事前不到兩個月的時候，曾經在龍王廟水潭中放生過一隻烏龜，難道——會是那隻烏龜來報恩？」

這實在就不得而知了。包公嘆息道：「或許——眞是因爲葛洪一念之善，陶興的陰謀才無法得逞啊！」

冤獄

包公承敕旨審決西京獄事，路過潞州，潞州所屬官員愼重其事的出城迎接，把包公接到潞州的府衙。

時時以百姓爲念的包公，一在公廳坐定，就先詢問有沒有什麼不易處理的案子。

職官走近，稟報道：「其他倒沒什麼，只是有一樁韓定告發張木匠謀殺其子的案子，由於張木匠夫婦爭相認罪，都說是自己一個人幹的，頗爲可疑，所以兩人目前都還關在獄中，還沒有了結。」

包公問：「這件事有多久了？」

「一年多了。」

「一年多？」包公板起臉孔教訓道：「都這麼久了，還沒能調查清楚？如果每個案子都這樣，叫老百姓的日子怎麼過！既然人都抓來了，當然應該盡快調查清楚，當決者即決，當放者即放啊！」

被包公這麼一訓斥，職官無言以對，滿面羞慚。

第二天，包公親自來到獄中，見張木匠夫婦，重新詢問案情。

張木匠夫婦哭著說：「青天大老爺救命！我們夫妻倆實在是冤枉的呀！只是後來因不勝拷打，才不得不承認的。」

張木匠說，一年多前案發那天，他因為要到城裡去上工，一大清早天還沒有大亮，就已帶著工具出門，經過興田驛半嶺一個小亭子附近，在微弱的光線下，看到有一個人躺在亭子外面；他起初沒看清楚，以為是一個人睡在那兒，等到走近一看，才吃驚的發現，原來竟是一具血跡斑斑的死屍！

張木匠嚇了一大跳，當時只覺得腦袋一片空白，四肢也發軟，沒有再多想，就慌慌張張的往回跑，等回到家，

稍微定下神來，正在和妻子商討是否應該立刻去報官時，突然就有一大堆人衝進來，扭送著他們夫妻倆來見官。

包公遂又傳喚苦主韓定。

韓定說，死者韓順是他的養子，雖然不是他親生的，但是聰明俊達，又很孝順，深得他的寵愛。案發那天的前一天，韓順身上帶了幾兩碎銀，和朋友一起到郊外踏青，本來說好晚餐後就回來，沒想到一夜未歸，翌日清晨，他派家僕去韓順幾個朋友家打聽，大家都說昨晚在山上吃過晚餐之後，就各自散去，聽說韓順居然還沒有回家，大家都嚇了一大跳，因爲，大家都以爲韓順老早就到家了呢。後來，有一個朋友想起前一晚吃晚餐時，韓順的酒好像喝得多了一些，會不會在下山途中，因爲體力不支、精神不濟而沒有辦法及時下山？

於是，大夥兒便一起上山去尋找。不料，找到韓順時，韓順已經氣絕多時！而且從現場的血跡，以及韓順腦袋上

的斧痕可以非常明顯的看得出來，韓順是遭人謀害的！

基於義憤，大家立刻循著血跡一路追蹤，不久，就追至張木匠的家，大家都認定一定是張木匠謀害了韓順，便一擁而上，扭送著他們夫妻倆一起去見官！

包公問韓定：「你與張木匠夫婦有什麼過節嗎？」

韓定說：「老實說，根本是素昧平生，不可能有什麼過節。依我猜想，張木匠應該是臨時起意，謀財害命。」

包公心想，是啊，這種推論不無可能。

包公再次來到獄中，詢問張木匠：「韓順的頭上有一道明顯的斧痕，血跡又可以追蹤至你家，這些眞的都和你沒有關係嗎？」

張木匠說：「那天清晨，我趕早出門的時候，天還沒大亮，光線不足，一定是我無意中踩到了地上的血，他們才會循著血跡找到我，可是這眞的不是我幹的，死人頭上的斧痕純屬巧合，我的斧頭一直都在我手邊，那致命的一

斧絕對不會是用我的斧頭砍的。」

包公又問：「發現屍體的時候，你爲什麼不立刻告官呢？」

張木匠哭著說：「是啊！我是應該立刻告官的，可是當時我眞的嚇壞了，心慌意亂的，就沒想那麼多……」

包公沉思片刻，細細推敲著一些疑點。

張木匠又說：「大人，都怪我自己不好，我也認了，但是，我老婆與這件事是怎麼也不相干的，請您就放了她吧！我們的孩子還需要她的照顧啊！」

「不！」張木匠的妻子也哭著說：「你要是死了，我一個人怎麼辦哪，我根本養不活孩子啊！還是我來頂罪，請大人放了你吧！」

看他們倆夫妻情深，包公的心裡也頗爲感動，然而，在疑點還未完全釐清之前，也不能隨便放了他們；儘管在這個時候，包公已經感覺得到，張木匠夫婦應該是無辜的。

爲了仔細勘問，包公一連審問了張木匠夫婦好幾次。漸漸的，地方上已有不少人都知道包大人在重新審理這件蹊蹺的案件。

這天，包公又在獄中審問，忽然看到有一個小孩走進來，走到一個獄卒身邊，附耳對獄卒說了些什麼；獄卒傾身聽過之後，點了點頭，表示明白，小孩就出去了。

包公立即問那獄卒：「那小孩跟你說了些什麼？」

獄卒稍微遲疑了一下，但也很快就泰然自若的回答道：「那是小人家的小鄰居，幫忙來告訴小人，說小人家中來了親戚，要小人今晚早些回家。」

「是嗎？」包公心想，這獄卒肯定沒有說實話；因爲方才獄卒臉上那種遲疑的神情，雖然只是一閃即逝，但是心細如髮的包公還是看到了。包公認爲這其中必定有詐。

包公馬上派人追出去，截住那個小孩，把小孩帶到後堂，又命人拿了四十文錢給小孩，再親自問道：「你剛才

跟獄卒說些什麼？」

小孩本來就很天真，毫無心機，再加上現在平白無故又多得了四十文錢，非常高興，自然就老老實實的說：「下午在東街，有兩個人在茶店裡坐，看到我就把我叫過去，拿了五十文銅錢給我，說是給我買果子吃，然後叫我到獄裡來看看，找人問問，看張木匠夫婦後來是誰認罪。」

包公再細問，發現這孩子果然是住在那獄卒家附近。

包公心想：「是誰這麼關心這件案子？……」

包公當機斷定，那兩個叫小孩來打聽的人，與韓順這件命案一定有著非比尋常的關係！隨即吩咐張龍和趙虎：「你們現在和這孩子一起去東街茶店，把那兩個人抓來見我！」

不久，兩個人都被抓來了。包公再把苦主韓定叫來，指著那兩個人問道：「這兩個人，你認識嗎？」

韓定看了一眼，就衝著其中一人訝異的說：「咦，許

兄，你怎麼會在這裡？」

那人立刻臉色煞白，渾身止不住的顫抖起來，跪在他身旁的人則用力拉拉他的衣角，似乎是在要他鎮定。

包公又問：「你認識嗎？」

「認識，」韓定回答，指著那個還在忍不住顫抖的人說：「他叫作許二，是我從小一起長大的老朋友，在他旁邊的是他的弟弟許三。」

「哼，你們這兩個賊人，好大的膽子！」包公朝著許二、許三兄弟倆大喝道：「你們殺了韓順，居然想要別人為你們償命！」

「什麼！」韓定大吃一驚，轉頭望著許二，不敢置信的連連說：「許兄，是你——？怎麼會？怎麼會呢？——」

許二不敢看韓定，只是拚命磕頭，和弟弟許三一起拚命喊冤，拚命抵賴。

「還不承認？」包公說：「如果不是你們幹的，為什麼

還要小孩來打聽，看張木匠夫婦究竟是誰要來當你們的替死鬼？」

韓定這時才忽然領悟到了一點什麼，大聲說：「報告大人！許二日前曾向小的借過銀子，被小的拒絕，不知道是否因爲這樣懷恨在心……」

「這就是了，」包公朝著許二、許三大喝道：「還不快招！」

許二、許三兄弟，見無法再隱瞞，只得承認了。

原來，果眞是因日前向韓定借銀未果，兩人耿耿於懷，那天偶然看到韓順醉醺醺的在路旁小亭子裡昏睡，猛然怒從心中起，便聯手找來一把斧頭，要了韓順的命，並劫走他身上所有的銀子。

最後，包公令許氏兄弟償命，並放張木匠夫婦回家。張木匠夫婦的冤情，自此終於獲得了平反。

烏盆記

定州有一位姓王的老先生，有一天，因爲家裡的夜壺壞了，上市場買了一個烏盆回來，充當新的夜壺。

當天夜裡，王老先生醒來，正打算要小解，忽然聽到一個陌生的聲音說：「喂，你要幹麼？」

王老先生因爲剛從被窩裡爬起來，本來還有點兒迷迷糊糊的，現在突然被這麼一驚嚇，立刻全醒了。

小小的斗室早已又回復了寂靜。王老先生愣了好一會兒，自言自語道：「奇怪，難道是我睡糊塗了？做了一個夢？我怎麼感覺剛才好像聽到有男人說話的聲音？」

說著，他又走向夜壺，正準備要解開褲帶，又聽到有人叫道：「喂，不要啊！不要這樣啊！」

還是剛才那個聲音！

王老先生嚇得一連後退好幾步，後背重重的撞上了桌角，但是他現在根本已顧不上疼，因爲嚇都快嚇死啦！

王老先生充滿恐懼的環顧四周，鼓起勇氣顫抖的問：

「誰？是誰在說話？」

今夜的月光特別明亮，透過窗外照射進來的月光，王老先生其實早已看清屋內除了他自己，什麼人也沒有……但是他當然還是要這麼問；不這麼問還能怎麼問呀！

「是我，您不要害怕，我不會害您的……」那個陌生的聲音幽幽的從角落中傳來，「事實上……是我自己不幸被人家給害了呀……現在，您還要往我這兒撒尿，我實在是忍不住了才阻止您，不是故意要嚇您的。」

現在，王老先生有些明白了。他瞪大著眼睛，驚訝的看著今天從市場上買回來的烏盆，以一種不敢置信的口氣問道：「是你在說話嗎？」

「是的，是我。」

「這可眞是一件怪事，一個烏盆怎麼會說話？」

「唉，我本來不是烏盆，我本來也是一個有血有肉的人啊……」

接著，烏盆便向王老先生講述了自己悲慘的遭遇……

有一個揚州人，名叫李浩，不久前攜帶了一筆巨款來定州做買賣。一天中午，李浩和朋友一起聚會，酒喝多了，朋友們勸他在定州多住一個晚上，隔天再走，李浩不聽，堅持在飯後繼續趕路。走到定州城外十幾里的地方，因爲醉意愈來愈濃，實在無法行走，便倒在一棵大樹下睡著了。

黃昏時分，有兩個平日就遊手好閒的無賴，一個姓丁，一個姓邱，剛巧結伴經過，看到李浩醉倒路旁，再看他的模樣，似乎是一個外地人，心想外地人的包袱裡一定有些銀兩，便趁李浩此刻正鼾聲震天，什麼也不知道的時候，私自翻動李浩的包袱，果眞找到了一百兩黃金！

「哇！這麼多的黃金！」丁某和邱某都大喜過望，隨即產生了一股歹念——趁現在四下無人，他們要搶走這些黃金！……所以，他們必須殺了這個外地人！否則，等他酒醒之後，發現黃金不見了，一定會跑回定州去告官，定州的包太守，辦案一向過分認眞，到時候若執意追究，搞不好會有些麻煩，而如果殺人滅口，就不會有這些顧慮，他們就可以安安心心的享用這筆從天上掉下來的錢財了。

於是，這兩個喪心病狂的無賴，合力用路旁的大石頭，活活砸死了李浩。爲了毀屍滅跡，他們還把李浩的屍首抬入附近的一座窯門，丟進去火化，甚至還在入夜之後，將李浩已經被火化的屍骨拿出來，用力搗碎，和進泥土，燒了一個瓦盆。

這就是王老先生從市場買回來的烏盆。

聽完了烏盆的故事，王老先生激動的說：「啊！你好慘！好可憐啊！那兩個傢伙實在是太壞了！簡直是沒有人

性！」

烏盆也嗚咽著說：「老先生，您如果可憐我，就帶我去找包太守伸冤吧！」

「好，沒問題！」很有正義感的王老先生一口就答應了，「等天一亮，我們就去，一定要讓那兩個壞蛋受到懲罰！」

天亮之後，王老先生果眞抱著烏盆，跑去府衙擊鼓鳴冤。

包公升堂，居高臨下的問道：「你有什麼冤枉？」

王老先生恭謹的回答：「啓稟大人，不是小的有冤枉，是這烏盆有冤枉。」

「什麼？你再說一遍？」

「這烏盆好可憐，有天大的冤枉啊，他……」

「大膽刁民！」包公生氣的打斷道：「不去做點正經事，居然跑到這裡來胡鬧！念你年事已高，這一次就暫且

不追究了，還不快滾！」

「不不不！大人請聽我說！」王老先生急急忙忙的把烏盆告訴他的慘事，飛快的說了一下。

「居然會有這麼慘絕人寰的事？」包公非常震驚，但仍半信半疑道：「不會是你糊塗了吧？或者全是你做的一場夢？」

王老先生一本正經的說：「不，是眞的，大人如果不信，不妨問一下這烏盆，讓它自己再詳細說一次。」

包公看看那個和一般瓦盆沒什麼兩樣的烏盆，頗為為難，不禁皺起了眉頭，心想，居然要向一個瓦盆問話，簡直是荒唐！——但轉念一想，萬一這一切都是眞的呢？萬一眞有一個可憐的冤魂，在等著自己為他伸冤呢？

想到這裡，儘管還是有些爲難，包公還是硬著頭皮，嚴肅的說：「瓦盆啊！你有什麼冤屈，就說吧！我會爲你作主的。」

烏盆卻靜悄悄的，一點聲音也沒有。

堂上的衙役一個個的臉上都憋著笑。王老先生急了，傾身對烏盆說：「喂，大人在問你話哪！你趕快回答呀！」

「好了！夠了！」包公大怒，命人立刻把王老先生給轟了出去。

等到包公一退堂，衙役們才紛紛笑出來。

一肚子委屈的王老先生，狼狽的離開府衙，垂頭喪氣的回到家。爲了這件事，他一整天都悶悶不樂。

王老先生很想盡快把這件事給忘了，然而，一到晚上，那烏盆又幽幽的開口了：「老先生……」

「嚇，你現在倒又會說話了？」王老先生氣得直跳腳，「早上你在公堂上爲什麼不說話？害得別人都把我當成是瘋子！包大人沒把我打死，算我運氣！」

「老先生，請您不要生氣，聽我說……那是因爲……我身上光溜溜的，毫無遮掩，實在是羞於見人，也羞於啓齒

啊！」

王老先生恨恨的說：「哼，你不啓齒，可把我給害死了！」

「對不起……明天麻煩您借我一件衣裳，用衣裳把我包起來，我就可以向包大人說明我的冤情了。」

「還去啊？我不敢去了，」王老先生猶豫的說：「人家都把我當成是瘋子了，沒有人會相信我的。」

烏盆哭著說：「拜託您了，老先生！我全指望您了！」

「唉……好吧好吧，我去就是了。」

翌日上午，王老先生按照烏盆所說，用一件衣服把它包起來，忐忑不安的又來到府衙。

衙役一看到他就大罵道：「怎麼？又是你？你還敢來？」

王老先生低聲下氣的說：「求求您，行行好，讓我進去吧，昨天晚上這盆兒告訴我，他昨天在這兒沒有辦法說話，是因爲沒有衣服遮著，您看，今天我用衣服把他包起來了，他會說的。」

衙役仍然不肯放行，王老先生就一個勁兒的苦苦哀求。

後來，衙役只得說：「你在這裡等一下，我去向大人請示一下。」

包公得知王老先生的解釋後，勉強同意再升堂一次。幸好這一次，烏盆果然把自己的冤屈源源本本的說了出來。

王老先生總算鬆了一口氣！

烏盆說完之後，在場所有的人——包括包公在內——都大爲驚駭，包公馬上命人去把那兩個惡棍給抓來！

丁某和邱某被抓來之後，堅決喊冤。包公料想，除非找到那一百兩黃金，否則這兩個心狠手辣又狡猾的歹徒，是絕不肯認罪的，於是便先把兩人關在牢裡，再命人去把

他們的妻子叫來問話。

一開始，這兩個婦人也是堅持說什麼都不知道。包公靈機一動，決定要故意套她們的話。

「哼，妳們二人的丈夫謀財害命，不但搶了人家一百兩黃金，還把人家燒成灰，又和進泥土，做成一個瓦盆，這些事妳們丈夫都招了，妳們還抵賴什麼？現在我只是問問妳們，把黃金藏在哪裡？妳們的丈夫都說是交給妳們收藏了。」

兩個婦人果然中計，立刻驚恐的、爭先恐後的極力撇清道：「不！和我們無關！不是我們收藏的，是他們自己埋在牆腳，我們剛好看見了才知道的。」

等到一百兩黃金全部起出之後，包公再把丁某和邱某從大牢裡提出來。

「仔細看看，這便是從你們家牆腳挖出來的黃金！你們的妻子都招認了，你們還敢不認？」

肅
靜

丁某和邱某面面相覷，知道已無從抵賴，只得招認。

不久，包公以謀財害命的罪名，將丁某和邱某問斬，再將那一百兩黃金和那烏盆一起交給李浩的親人。

包公並且還發了二十兩賞銀給王老先生，獎勵他的仗義精神。

一件奇案至此獲得昭雪，可憐的李浩在九泉之下也總算可以瞑目了。

壽命之爭

有一天夜裡，包公接到一紙來自陰間的訴狀。告狀的人名叫冉道，是山東人，他告的是冥府負責登記凡人壽命的官員，認爲他們怠忽職守，嚴重瀆職。

包公看了訴狀之後，就派鬼卒把冉道的陰魂提來問道：「你指責官員瀆職，有什麼根據？」

冉道說：「直接證據倒是沒有，然而，他們所做的事不合常情，才令我產生懷疑。」

「是嗎？說來聽聽吧。」

「我一生常做好事，卻沒有好報，無法長壽，而我們村子裡有一個叫作陳元的惡棍，平日總是無惡不作，橫行霸道，卻沒有惡報，還一生無病無痛又長命，連到死的時候都是以無病善終，這實在是太不合情理、也太不公平了！

所以我相信一定是冥府主管善惡簿和生死簿的官員瀆職，才會導致這樣的結果。」

包公心想，也難怪冉道會這樣想；長久以來，民間一直流傳著這樣的說法：不管你做了好事還是壞事，就算沒有任何人知道，老天爺都會知道，冥府主管善惡簿和生死簿的官員也都會知道，然後立刻在善惡簿上登記，並且在生死簿上加加減減，按理說，好事做得愈多的人，在善惡簿上「善事」登記得愈多的人，是應該比較長壽，不過——

包公對冉道說：「你的推測也不能說沒有道理，但是一般來說，陰間的官員可比陽間的官員要負責得多，頭腦也清楚得多，更何況生死大事，怎麼可能會弄錯？」

包公轉頭交代鬼卒，「還是去請兩位官員來親自說明吧！」

不一會兒，冥府的兩位官員到了。

包公問道：「爲什麼冉道一生吃齋念佛，又常做好

事，是村里百姓口中有名的大善人，卻沒有辦法長壽？」

兩位官員的回答十分簡潔，「因爲他是口善心不善。」

「這就是了，」包公對冉道說：「一個人如果心地不好，或者做了好事便希望能對自己有好處，就算是整天吃齋念佛，也只能哄一哄世上那些有眼的瞎子，怎麼逃得過冥府官員的法眼！像你這個樣子，你的罪惡恐怕比那些不吃素的人還重，居然還好意思說不服早死！」

冉道說：「好吧，我算是服罪了，可是——我還是不服氣，那陳元又怎麼說呢？像他那樣的大惡人，爲什麼還能那麼長壽？」

針對這個疑問，冥府兩位官員的解釋仍然十分簡短，「因爲他家祖上三代積德。」

「原來如此，」包公說：「我聽說只要一代積善，都將造福十世子孫，何況是三代！不過，在陽世作惡，雖然受祖先庇祐得以多活幾年，死後不免還是會在地獄受苦，對

吧？」

冥府主管善惡簿及生死簿的官員異口同聲的回答：

「一點兒也不錯！」

這麼一來，冉道總算是心服口服了。

審石碑

浙江杭州府仁和縣，有一戶柴姓人家，有兩個兒子，都已成家，一家六口，過得相當富足且和睦。

有一天，柴老先生把老大柴勝叫過來，神情凝重的說：「咱們家現在的日子雖然過得挺不錯，但有道是『人無遠慮，必有近憂』，想到萬一哪一天情況改變，我們不能再過這樣的好日子，我就感到寢食難安！」

柴勝恭恭敬敬的說：「父親不要憂慮，孩兒的年紀也不小了，理當爲父親分憂解難。」

「今天叫你來，就是想跟你商量這件事。你們兄弟都大了，如果兩個都待在家，無異是守株待兔，依我的意思，不如一個外出經商，一個在家守成，處理家中雜務，這樣比較能夠累積財富……我是想，要你外出經商，讓你弟弟

守家，你弟弟畢竟年紀輕些，出門在外萬一碰到什麼麻煩事，怕他不能應付……你覺得怎麼樣？」

其實柴勝只不過是一介儒生，對做生意根本一竅不通，但仍然十分順從的說：「父親的教誨，孩兒怎敢違背？只是不知道父親認爲孩兒應該到哪裡去？做什麼生意？」

柴老先生說：「我聽說東京開封府布料市場非常好，賣布的利潤很高，我看，你不妨就在咱們這兒買幾擔布，然後前往開封府去賣，如此頂多一年半載，你就可得著些利潤回家了。」

於是，柴勝就遵從父親的指示，買了三擔布，辭了父親妻子和弟弟、弟妹之後，獨自上路。

幾天之後，柴勝來到了開封府，在東門城外一家客棧住下。客棧的主人名叫吳子琛，是一個相當熱忱的人，知道柴勝這年輕人是頭一回出門做生意，就挺照顧他的，吃

飯的時候還多送他幾道小菜。

一連三天，柴勝都沒做成一筆生意，心情十分低落。這天傍晚，吳子琛一看柴勝又是垂頭喪氣的回來，就知道他的生意還是做得不順，好心過來關心的問：「怎麼啦？小兄弟，生意不好做，是不是？」

「是啊，」柴勝愁眉苦臉道：「我還眞不知道，做生意原來竟是這樣的難！」

吳子琛安慰道：「別灰心，萬事起頭難，何況你又是頭一回自己出來做生意，難免不大順心，我相信情況一定會好起來的……」

爲了給柴勝打打氣，吳子琛熱情的說：「今天晚上就算我請你吃飯吧，我再陪你喝幾杯，給你解解悶，你明天早上起來，一定又是生龍活虎的了！」

柴勝十分感動，「吳大哥，謝謝你，你眞好，你對我實在是太好了！」

「噯，別這麼說，」吳子琛豪爽的拍拍柴勝的肩膀，「人家不是都這麼說的嗎？『在家靠父母，出外靠朋友』，也算是咱們倆有緣，我大哥照顧你小弟，也是應該的啦！」

於是，他們倆就共飲起來。柴勝原本就不勝酒力，這天晚上因爲心情煩悶，又多喝了幾杯，竟然就醉倒了。

第二天早上，柴勝宿醉醒來，一睜開眼睛就被眼前的景象給驚呆了。

那三擔上好的布料竟然統統都不見了！

「我的布！我的布呢？誰偷了我的布？」

柴勝顧不得因爲宿醉而頭痛欲裂的難受，跌跌撞撞的奔下樓，衝到吳子琛的面前，一把揪住吳子琛，氣急敗壞的嚷嚷道：「我的布呢？我的布到哪裡去了？」

吳子琛一頭霧水，「不是都在你的房裡嗎？」

「不見了！不見了啊！」

「什麼？怎麼會呢？」吳子琛匆匆衝上樓，一路衝到柴

勝的房間——哎呀，那三擔布眞的不見了！

「不好了！」吳子琛大叫：「有賊！」

柴勝這時已驚得面如土色，又上前扯著吳子琛不放，「我不管！你賠我！你賠我的布！」

「咦，小兄弟，你這是做什麼？」吳子琛驚愕的說：「我看你是急糊塗了吧！明明是賊偷了你的布，你怎麼嚷著要我賠呢？快放手！」

「我不放！」柴勝比方才扯得更緊，「我不管！你一定要賠我！我住在你店裡，東西是在你店裡被偷的，當然要你賠！」

柴勝確實是急壞了，他一想到父親那麼信任他，花了好些本錢買了三擔布來開封府賣，原指望他能賺些銀子回去，哪曉得現在不但連一文錢都賺不到，三擔布還統統都被偷了，這可眞是徹底蝕了老本，叫他回去要怎麼跟家人交代？……

想到這裡，柴勝就急得不知如何是好，又衝著吳子琛直嚷嚷：「不管不管！東西是在你店裡丟的，當然要你賠！」

吳子琛也生氣了，用力推開柴勝正色道：「看你是一個讀書人，應該是很通情達理才對，怎麼這麼滿不講理！自己的東西不看好，怎麼現在賴到我頭上來了！」

「要不是昨晚喝醉了，我怎麼會沒看好？——咦——」一個意念突然閃過柴勝的腦海，「啊！我知道了！你跟那個該死的小偷一定是同謀！昨天晚上，你先負責把我灌醉，再故意放偷兒進來，讓他動手，對不對？」

「什麼？」吳子琛這會兒真的被柴勝這驚人的推論給嚇到了；他氣得滿臉通紅，結結巴巴道：「你、你、你——你怎麼可以這樣含血噴人！我昨天晚上完全是一片好心，沒想到現在好心卻被你當成了驢肝肺！」

「哼，知人知面不知心！什麼『在家靠父母，出外靠朋

友』這種好聽的話，搞不好根本就是來坑我的！」柴勝愈說愈激動，愈說愈覺得吳子琛十分可疑，情急之下，竟又撲上去抓住吳子琛，大嚷道：「走！跟我去見官！」

吳子琛也火大了，立刻回應道：「見官就見官！我又沒偷你的布，我才不怕你呢！」

兩人就這樣互相扯著來到府衙，柴勝告吳子琛與賊人夥同，合盜他的布。

包公說：「捉賊見贓，才好論理，今天你又沒找到贓物，怎能一口咬定是吳子琛偷你的布呢？」

柴勝眼看告吳子琛無望，要找回失物的可能性恐怕也非常渺茫，急得嚎啕大哭，不斷哀求包公幫他想想辦法。

包公問清原由之後，知道柴勝這個書呆子一定也是急瘋了，才會這麼想隨便抓個人負責，也挺同情他，就對他說：「你不要著急，我會想辦法找回你的東西。」

包公先按兵不動。等了好幾天，就在心急如焚的柴勝

私下不斷嘀咕怎麼還沒有動靜的時候，包公總算是有所行動了。

只是，包公所採取的行動，可真是令柴勝大吃一驚！

在吳子琛客棧的外面，有一塊石碑，包公居然命人把那塊石碑抬到府衙門口，然後用力鞭打，還瞪著石碑，高聲喝問道：「說！到底是誰偷了柴勝的布！案發時你一定都看到了，現在趕快如實招來，不得隱瞞！」

柴勝充滿疑惑的想：「天啊！包大人是不是瘋了？居然在拷問石碑！」

這件事實在是太稀奇了，才一會兒工夫，府衙門口就擠滿了看熱鬧的人群。

又過了好一會兒，石碑還在挨打，似乎仍然堅持不招。圍觀的人群中開始傳出竊竊私語，大家都很疑惑，包大人今天是怎麼回事？還有好多人拚命壓抑，不讓自己大笑出來。

這時，包公突然又有了驚人之舉。他看看圍在府衙前的老百姓，鄭重說道：「我看這樣吧，既然圍觀的人這麼多，乾脆每個人負責交來一匹布，湊滿三擔布還給柴勝算了。」

大家都覺得這樣的做法簡直是不可理喻，但也都敢怒不敢言，還是紛紛都乖乖的交來了一匹布。

衙役們把群眾交來的布一一做了登記。

包公把柴勝叫過來，對他說：「你在這些布裡找找看，看有沒有你丟失的布？」

柴勝仔細的翻撿著，突然，他捧著一匹布，高興的說：「啊！找到了！這就是我的布！」

包公接過來看了一看，細心的問：「這匹布的首尾印記不同，怎麼能確定就是你的布？」

柴勝回答：「首尾印記雖然都被人換過了，但是我在布料的中間還有尺寸暗記，大人不妨命人將這匹布丈量一下，看看是否與暗記的尺寸符合？」

包公立刻命人實際丈量，證實柴勝所說的一點都沒錯。

在那一大堆布匹中，柴勝陸續又找出若干原本屬於自己的布。接下來，包公命人一查最初的登記，發現這些布都是從一個徽州商人汪成的布店所買來的。

包公下令，傳喚汪成來府衙說明。

「說！」包公威嚴的問道：「你這些布是從哪裡來的？」

汪成不敢隱瞞，只得承認是一個姓夏的慣竊前幾天主動來他的店裡兜售的，由於布料不錯，夏某又是賤價出手，他一時貪圖小便宜就買了一擔，萬萬想不到居然會被查出來。

於是，包公順藤摸瓜，抓到了夏某，也找到了另外還沒脫手的兩擔布。

柴勝對於包公眞是感激涕零。而夏某則被包公發配邊疆充軍去了。

屈殺英才

西京有一個飽讀詩書的生員，名叫孫徹，資質聰穎，又從小立志苦讀，在西京人人都說他是一個才子。按常理，像他這樣的人才，只要去應試，一定可以脫穎而出，就說是中個狀元也不爲過。

不料近幾年來，科舉結果愈來愈讓人弄不明白，也愈來愈讓人感到很不服氣；許多像孫徹這樣寫得一手錦繡文章的，都沒有辦法「鯉魚跳龍門」，出人頭地，那些文章做得不通順，甚至還有錯字的，反而會受到試官的青睞，一飛沖天。民間悄悄流行這樣一種說法：「不願文章服天下，只願文章中試官。」只要文章合了試官的意，自然就會被選中，而怎麼樣才能合試官的意呢？其實說穿了無非就是事前用銀子來打通關節罷了。

就在這種「論門第不論文章，論錢財不論文才」的歪風之下，孫徹年年應試，卻年年落榜，心中的鬱悶眞是可想而知。偏偏這一年，當孫徹再度名落孫山的時候，赫然發現同窗王年，儘管胸無點墨，可是仗著家大業大，反而被錄取，這口不平之氣，孫徹怎麼也吞不下去，竟然就這樣活活氣死了。

孫徹一縷冤魂飄到閻王殿，想到自己的遭遇，愈想愈傷心，非常憤慨的想：「既然我在陽世得不到公平的待遇，好歹也要在陰間爭個公理！」

遂寫了一紙訴狀，告到閻王爺那兒，控告那一年的主考官「屈殺英才」。

閻王爺看了孫徹的狀詞，頗不以爲然的問道：「你有什麼了不起的大才，怎麼主考官沒取你就是屈殺了你？」

孫徹說：「我不敢說自己有什麼大才，但我敢肯定今年被選中的，往往沒有什麼大才，比方說我的同窗王年，

如果主考官肯睜開眼睛，公平的看一看，當會承認我絕不可能在王年之下！」

說著，孫徹就從懷裡掏出一份文稿，恭恭敬敬的呈上，「這就是我今年應試的原卷，請您看看。」

閻王爺看完之後，想了一想，老實的說：「會不會是你的文字太深奧了？不過我也沒有把握，畢竟我這個位置也不是考來的，看卷子可不是我的專長。我看還是請老包來看看你的文章，他原來是天上的文曲星，絕不會有眼無珠，不識好文章的。」

於是，立刻就把包公給請來。包公先看孫徹的狀詞，嘆息道：「科舉一事，是有很多人在裡頭受盡了委屈啊！」

孫徹又將試卷呈上，包公仔細讀完之後，大加讚賞道：「果然是奇才！果然是好文章！」

受到了包公的肯定，孫徹忍不住流下激動的淚水。

包公又問：「主考官是誰？居然就不取你？」

孫徹氣憤的回答：「是丁談。」

「什麼？丁談？」包公一聽，非常火大，「這個人自己的文字都不通，哪有什麼資格當主考官？」

孫徹說：「所以像王年都中了，真是教人不服氣！」

包公隨即吩咐鬼卒，「快去把丁談和王年兩個人統統抓來！」

鬼卒猶豫道：「這兩個人目前都在陽世做高官，恐怕不好抓吧？」

包公堅持道：「王子犯法，與庶民同罪；就算是高官，若做錯了事，一樣要嚴懲！」

不多久，丁談和王年都被抓來了。

包公怒視著丁談，質問道：「你這個主考官，怎麼可以屈殺了孫徹的英才？」

丁談狡辯道：「孫徹就算是一個英才，也未必每一篇文章都能寫得鏗鏘有力、擲地有聲，應試那天，他所做的

那一篇文章就不大理想，所以才沒有取他。」

「是嗎？」包公高高在上，把孫徹的原卷擲下來，「這是他在應試那天所寫的卷子，你再看一遍。」

丁談只好撿起來，重新看一遍。看完之後，滿臉通紅，緩緩道：「呃——大概是那天我——我老眼昏花，所以沒看清楚——」

「哼，你不取孫徹，卻取了王年，可見其中必有舞弊！」

丁談自知沒有辦法再抵賴，只得拚命求饒，但向來執法如山的包公，絕不寬貸。

包公先對丁談說：「查你的陽壽原本還有十二年，但是現在『屈殺人命』，罰你減壽十二年！」

又對王年說：「你明明是一個草包，卻用銀子買了科舉功名，罰你來世做牛，一輩子吃草過日子！」

王年不服道：「我這樣就要被罰來世吃草，那陽世中

應該吃草的人豈不是一大串！」

包公說：「沒錯！所以正要你去做一個榜樣！」

最後，包公對孫徹說：「你今生受了委屈，來生讓你早登科第，連中三元。」

孫徹頻頻謝恩，抹著眼淚而去。丁談和王年，則是哭天喊地，悔不當初啊。

廢花園

這天，包公為護國張娘娘進香，特別來到西京玉妃廟來還願。

儀式結束之後，經過街道，忽然看到前方一道怨氣衝天而起，便問公差：「看前面圍了那麼多人，有什麼事？」

稍後，公差回報：「有官司了結，今天在法場上要處決罪人。」

包公望著那道別人都看不到的衝天怨氣，暗忖道：「這其中恐怕有莫大的冤枉！」

於是，包公立即下令，刀下留人，他要親自重新審理此案，待毫無疑問之後，再行處決。

既然包公決定重審，監斬官自然不敢開刀，隨即很快的就把犯人帶到包公的面前。

犯人名叫何達，原本以爲自己今天一定是死定了，萬萬想不到居然還會有這麼一個轉折，當他被帶到包公面前時，心神還十分恍惚，以爲自己是在做夢。

直到包公開始問案，何達這才意識到這是他死裡逃生的最後機會，激動得痛哭流涕，不能自已；半晌，等到情緒慢慢平靜下來之後，他才嗚咽的向包公講述了這一樁離奇的案件……

何達是四川成都府人，有一個堂弟，名叫何隆。爲了一份產業的糾紛，何達與何隆這對堂兄弟產生了很大的爭執，幾乎到了反目成仇的地步。在何達看來，這份產業明明是屬於他的，偏偏何隆不講理，胡攪蠻纏，居然還鬧到府衙，弄得連年不決，令他十分苦惱。

不久前，何達來到表弟施桂芳的家。何達與施桂芳向來感情很好，無話不談；這天，何達忍不住又與何隆訴訟的事，向施桂芳大吐苦水。

施桂芳說：「表哥今天來得眞巧，其實，我也正想去找您呢。日前我接到一個老朋友韓節使捎來的口信，說他現在官任東京，要我去玩，我看不如表哥和我一起去玩一玩吧，也好散散心。」

何達正爲了官司的事情，煩悶得不得了，聽了施桂芳的提議，非常高興，馬上就回家告訴妻子，然後收拾好東西，與高采烈的就和施桂芳一起出發了。

同行的還有一個施家的家僕阿丁。他們三個人走了二十幾天，終於來到距離東京城不遠的地方，在一家客棧落腳。第二天，施桂芳派阿丁先入城去找韓節使，本想通報一下，不巧韓節使有事到外地去了，要過幾天才能回來。施桂芳與何達只好就在客棧先暫住下來，每天遊山玩水，四處閒晃，等著韓節使回來。

有一天，兩人在半山腰附近散步，微風吹來，彷佛也送來了悅耳的鐘聲，遠遠看去，隱約見到了樓閣。

「前面是不是人間仙境啊？」何達半開玩笑的提議道：「我們一起去看看吧。」

「好啊。」施桂芳立刻響應。

施桂芳本來就是一個玩心很重的人，喜歡到處尋幽訪勝，所以直到現在還沒有成家。

兩人信步步上一層又一層的台階，走了好一會兒，看到一座古寺。走進古寺，兩位老僧正在佛堂上講經，看見有客人來了，馬上很客氣的起身施禮，請何達與施桂芳坐下。

坐定之後，僧人問道：「兩位秀士怎麼會到這裡來？」

桂芳回答：「我們來到東京，訪友未遇，所以便四處遊覽。」

僧人令童子奉茶，讓他們坐一坐，稍事休息；稍後，又令童子拿了鑰匙，打開寺裡很多地方讓兩人觀覽一番。

兩人登上羅漢閣，看見寺前不遠處有一大片樹林，樹

林裡彷彿還有些建築，都覺得很好奇，便問童子那是什麼地方？

童子回答：「原來是劉太守的一座花園，不過自太守死後，便已荒廢多時，早就沒有人打理了，最好別去……」

兩人聽了，卻都還是很想過去看一看。只見裡頭雜草叢生，圍牆都已崩塌，但從整座花園的規模看來，不難想見當初建造的時候，一定是非常的考究和氣派。

桂芳感慨的說：「當初這裡一定是非常的風光啊，哪曉得現在卻荒廢成這個樣子，眞是可惜，可惜！」

何達忽然想起一件重要的事，「哎呀！我掉了一個東西，得趕快回去找，你在這裡等我一下！」

那是一個小布包，裡頭還有不少碎銀呢。何達匆匆趕回羅漢閣，幸好小布包還在。他鬆了一口氣，把小布包揣進懷裡，又趕回那座廢花園，要跟桂芳會合。

奇怪的是，桂芳不在。

何達有些納悶的想：「咦，不是要他在這裡等我的嗎？」

他一邊在廢花園裡走來走去，一邊大聲叫著桂芳的名字，可是一無所獲。

何達一直等到都快日落西山，仍然找不到桂芳，狐疑的猜想：「他會不會先回客棧了呢？」

於是，他又趕回客棧，一看到施家的家僕阿丁就著急的問：「少爺呢？」

阿丁奇怪的反問道：「少爺不是一早就跟您出去了嗎？」

「什麼！」何達大吃一驚，「原來他還沒回來！」

他立即找了好多人，持著火把連夜上山，搜尋桂芳。

何達這個時候眞是心急如焚，擔心會不會是山上有什麼猛獸，把桂芳給咬傷了。

眾人找了一夜，仍然絲毫不見桂芳的蹤跡。

何達實在很難相信桂芳怎麼會突然憑空消失，在客棧裡又等了十幾天；在這十幾天中，他和阿丁天天都到山上去找，可是天天都是失望而返。

十幾天之後，何達實在是沒有辦法，只好和阿丁一起先收拾好行李返家，硬著頭皮向桂芳的家人報告桂芳失蹤的消息。

不料，何達的厄運也就從這個時候開始。

由於產業糾紛和他成了死對頭的堂弟何隆，在得知施桂芳離奇失蹤以後，竟然一狀把何達告進了官府，說他謀財害命，在外地害死了施桂芳！

何達就這樣被抓了起來。而那個狠心的何隆，一心想趁這個機會來報私仇，除掉何達，竟在衙門上下都用了賄賂，堅持要何達交出施桂芳，否則就得償命。可憐的何達，禁不起大刑逼供，只得糊裡糊塗的供認了……

「其實，」何達哭著對包公說：「我和桂芳從小情同手

足，我怎麼可能會害他呢？」

包公聽了何達的證詞，又把施桂芳的家人傳來問話，施家的人也都說何達實在沒有謀害桂芳的理由；家僕阿丁也證實，在桂芳失蹤之後，何達那種著急的模樣，看來情眞意切，後來又那麼盡心盡力的尋找，實在不像是裝的。

「這可眞是怪異。」包公心想，下令先把何達還押，說要再仔細調查一番。

翌日，包公扮作青衣秀士，只帶了兩個隨從，離開開封府，找到山上那座古寺。寺裡有兩個僧人正在閒坐，看到三人進來，照樣客客氣氣的起身相迎，親切的問道：「秀士是從哪裡來啊？」

包公謊稱他們是從四川來，旅途勞頓，想在寺裡借住一宿，第二天就走。兩位僧人很大方的答應了。

當兩個隨從正在安頓的時候，包公獨自四處閒晃，看到一個童子，就對那童子說：「你領我把這附近遊玩一

遍，我給你些銅錢，讓你買果子吃。」
童子笑道：「怎麼你們這些秀士都這麼喜歡到處遊玩？今年春天，有兩個秀士來我們寺中遊玩，結果搞丟了一個，你們今天有幾個來呀？」
包公趕緊問道：「怎麼會搞丟的呢？」
童子指著前方說：「前面那片樹林內有一座廢花園，傳說常有妖怪出沒，會迷惑人心，那天，那兩個秀士一定是跑到廢花園裡亂逛，結果，有一個到現在還找不到。」
包公依著童子所指的方向，也來到了廢花園。他獨自在裡頭走了一會兒，只見一片荒寂，寒氣侵人，一點動靜也沒有。
包公正在疑惑，忽然聽到從林中深處傳來陣陣的笑聲。
「不是說這是一座廢花園嗎？怎麼會有人聲？」包公不畏荊棘，冒險深入，結果看到了不可思議的一幕——

居然有一群妖豔的女子，正簇擁著一個男子，坐在一塊光潔的大石頭上飲酒取樂！

包公想起寺中小童說在這裡常有妖怪出沒，心想眼前這群妖豔的女子一定就是妖怪，而那個男子一定就是離奇失蹤的施桂芳了！

一身正氣的包公大喝一聲：「什麼妖怪！居然敢在這裡搗亂！」

說罷，還朝前走近去驅趕。那群女子一個個都花容失色，才一眨眼的工夫便紛紛消失不見了，只留下那個男子倒在那塊大石頭上，昏迷不醒。

包公花了一番工夫才把那男子叫醒，但即使是醒了，神情也很恍惚，彷彿只是一具沒有靈魂的軀殼。

包公攙著那男子走出廢花園。回到寺裡，童子指證這就是春天來過的兩個秀士之一。

在悉心照顧之下，男子一連昏睡了好幾天，期間還大

吐特吐了好幾次，到後來才總算是略醒人事，一副如夢初醒的模樣疑惑的問道：「我怎麼會在這裡？」

這個男子果然就是失蹤已久的施桂芳！

桂芳追憶道，那天，表哥何達急著回羅漢閣去找東西，要他在廢花園裡等一會兒。不久，就有兩個使女從林中走出來對他說，太守想見他，他就糊裡糊塗的被帶到一座非常豪華的宅院，見到一位相貌堂堂、頗有威儀的老先生，自稱是太守，長年避居在這裡，想爲女兒找一個乘龍快婿，說罷就把女兒叫出來與桂芳見面，桂芳一看太守的女兒國色天香，也就昏頭昏腦的答應與她成親，做起了太守的女婿，從此成天只知道飲酒作樂，似乎完全忘了外面的世界……

包公說：「若不是我親自探訪，還眞難想見會有這麼奇怪的事！」

接著，包公就詰問何隆：「你根本不知道施桂芳是生

是死，怎麼就隨便誣告堂兄何達謀害了施桂芳呢？」

何隆支支吾吾，無言以對。何達在一旁流著淚說：「啓稟大人，這都是因爲何隆與小人結怨，想以此事置小人於死地啊！」

包公認爲很有道理，下令刑拷何隆，何隆只得坦白招供，確實是因爲家產糾紛，所以故意陷害何達，想一石二鳥，既可霸占家產，又可除掉堂兄這個眼中釘。

於是，包公將何隆重打一百棍，並發配滄州充軍，永不回鄉；那些接受何隆賄賂，迫使無辜的何達屈打成招的惡吏，也都一一受到了嚴懲。

冤魂之訴

有一次，包公奉旨到邊疆犒賞三軍。經過一處偏僻的地方，忽然有一陣陰風吹來，吹得每一個人都毛骨悚然。

包公仔細一聽，聽出陰風中隱隱約約還有悲號之聲，感覺十分悽慘，便告訴左右：「此地必有冤枉，我們今天晚上就先住在這裡吧。」

他知道，到了晚上，一定會有冤魂來向他告狀的。

果然，當晚就有九個小卒的冤魂，怨氣衝天的一起來向他控訴。

「你們要告誰？」包公問道。

「告我們的守將游總兵！」

「告他什麼呢？」

九個小卒的冤魂憤慨的說：「告他不但侵冒我們殺退

三千韃子的大功，爲了搶功，還殺我們滅口！」

「可是——」包公頗爲懷疑，「你們區區九個人，怎麼可能殺退三千韃子？」

「唉，說來是很難令人相信，」冤魂們哀嘆道：「所以游總兵才能那麼輕易的就把原本屬於我們的大功給搶去了。」

包公說：「事情的經過到底是怎麼樣？你們詳細說來聽聽。」

冤魂們控訴，前幾天晚上，韃子們忽然來襲，游總兵率了五百小卒奮勇抵抗，勉強擋住了韃子的攻勢。當天夜裡，他們九個弟兄，基於義憤，悄悄的摸到敵營，四下放起了火，殺得三千韃子一個也不留。回到本營，原指望能夠論功行賞，萬萬沒想到那個黑心腸的游總兵，爲了把他們的功勞算在自己的名下，聲稱是自己策畫了這場奇襲，竟然殺了他們九個人滅口！

說到這裡，冤魂們泣訴道：「可憐我們這些做小卒的，有苦是我們吃，有功勞卻是別人的；沒功要殺頭，有功也要殺頭，眞是毫無天道啊！」

包公聽了，非常震驚，連聲問道：「有這種事？居然會有這種事？」

說著，立刻派鬼卒把游總兵拘來審問。

一開始，游總兵自然矢口否認。包公說：「哼，你當然是不承認，因爲，你一定想不到沒有腦袋的冤魂，還能來告你的狀！」

遂令九個小卒的冤魂出來和游總兵對質，又令鬼卒對游總兵動刑，游總兵吃不消，只得承認道：「是，是我的錯！我不該冒了他們的功，還殺了他們，希望大人趕快放我回人間，我一定馬上旌表這九個人。」

包公冷笑一聲，「你做了這種泯滅天良的事，今生休想再回人間了！」

說著，包公手一揮，就有一個鬼卒將一粒丹藥塞進游總兵的口中，僅僅才幾秒鐘的工夫，游總兵就渾身著火，肌骨銷爛，不見人形；過了半晌，鬼卒朝方才游總兵消失處吹了一口孽風，游總兵才又復化爲人。

「唉！」游總兵痛苦萬分的哀嘆道：「早知道今天會受這種苦，當初就是要我把總兵的位置讓給這幾個小卒，我也願意啊！」

九個小卒的冤魂在旁邊看到游總兵的報應，紛紛拍手大樂道：「哈哈，痛快！痛快！」

就在這時，門外忽然喊聲震天，還夾雜著悽慘的哭聲。

包公問：「外頭什麼事這麼喧鬧？」

一個鬼卒進來報告：「都是邊上的百姓，不下數千餘人，個個口內都喊冤。」

包公說：「那就只放幾個進來，其餘的都在門外等

著。」

稍後，鬼卒引了兩個邊民的冤魂來到公廳跪下。

包公問道：「你們有什麼冤枉？照實說來！」

邊民的冤魂哭哭啼啼的說：「我們是聽說大人今天大審游總兵，所以特地趕來訴冤的……」

原來，這幾千名邊民的冤魂也是衝著游總兵而來！

冤魂說，他們都是住在靠近邊疆的百姓，經常遭到胡馬虜掠，本來這也就罷了，誰知有一天，胡馬來犯，被守軍殺退，游總兵趁勝追趕，率兵殺到這裡，見不到胡馬的影子，非常生氣，竟把他們這些自家百姓殺了幾千人，然後割下他們的首級去受封領賞！

冤魂們哭著說：「大人！您說我們冤不冤啊！最可憐的是，今天如果不是碰到您大審游總兵，這種冤情，教我們到哪裡去告？」

「什麼！」包公大怒道：「游總兵居然喪盡天良至此！

這麼說來，游總兵是永世不得人身了！」

鬼卒又拿了一粒丹藥過來，游總兵一看，就驚恐的拚命掙扎，淒厲的大叫道：「不要！我不要啊！」

但是，鬼卒哪裡肯聽？還是強行把丹藥塞入了他的嘴裡。

而且，游總兵這回更慘，吞下丹藥之後沒一會兒，就血流滿地，骨肉如泥；稍後，鬼卒朝游總兵再吹一口孽風，游總兵又化爲人形，痛苦得直哼，什麼話都說不出來了。

包公下令，將游總兵打入十八層地獄，永遠不得出世！數千邊民的冤魂，總算是出了一口惡氣！

包公並且好言好語安慰九個枉死小卒以及數千無辜邊民的冤魂，最後，冤魂們總算都平靜的離去了。

金手鐲

潮州府有兩個書生，一個名叫鄒士龍，另一個名叫王之臣，兩人非常要好，情同手足。

這一年，兩人同時獲得鄉薦，一起乘船前往京城參加會試。出發那天，王之臣見鄒士龍眉頭緊鎖，一副心事重重、鬱鬱寡歡的模樣，知道鄒士龍一定是放心不下家中已懷孕七月的妻子，便寬慰好友道：「我了解你的心情，我的情況和你一樣啊……」

的確，說來也巧，王之臣的妻子也是懷孕七月，臨近產期。

王之臣說：「咱們的運氣向來都不錯，夫人們也都是吉人天相，想必一定會平安無事的，放心吧！」

鄒士龍默默不語。稍後，忽然頗有感觸的說：「你我

二人從小跟隨著同一位老師念書，後來又一起同進黌宮，一起獲得鄉薦，現在我們的妻子又同時懷孕，產期又那麼接近，想想還眞是有諸多巧合，咱們還眞有緣分啊……」

說到這裡，鄒士龍心血來潮，萌生了「指腹爲婚」的念頭，興致勃勃的提議道：「如果兄台不嫌棄，咱們的妻子日後若都是生下男孩，就讓他們結爲異姓兄弟，若都是生女兒，就讓她們結爲異姓姊妹，若是生下一男一女，就讓他們結爲夫妻，你覺得怎麼樣？」

「好啊！那眞是太好了！」王之臣非常高興的說：「我也正有此意呢！」

兩個好朋友鄭重的一言爲定，還命僕人立刻拿來好酒，盡歡而飲，以示慶祝。

到了京城，會試結果，鄒士龍榜上有名，王之臣卻名落孫山。王之臣遂先告辭回家，想盡快回去探望妻子。鄒士龍寫了一封家書，託王之臣帶回去，並且再三囑託王之

臣：「我不在家，家裡的事還要拜託兄台多多照應了！」

王之臣承諾道：「那是當然的了，不在話下，兄台儘管放心，安心準備殿試吧！」

不久，王之臣回到家，得知妻子已在正月十五辰時產下一個男嬰，取名爲朝棟，同時，鄒士龍的妻子也在同一天酉時產下一個女兒，取名爲瓊玉。

王之臣非常高興，馬上把鄒士龍的家書送到鄒家。鄒士龍在信中，詳細描述了他與王之臣指腹爲婚的事。鄒士龍的妻子先前已獲得聯登捷報，現在又得到平安家書，得知丈夫對孩子婚配的安排後，也非常歡喜，趕緊命家僕準備酒席款待王之臣。從此，王之臣不負好友所託，把鄒士龍家中大大小小的瑣事統統都當成是自己家的事，盡心盡力的代鄒士龍處理，毫無私心。

鄒士龍的殿試結果相當不錯，過了幾個月，被任命爲知縣後，衣錦榮歸，立刻著手爲兩個還在襁褓中的小娃

兒，正正式式的訂了婚。

接下來，鄒士龍走馬上任，一步一步往上爬，仕途頗爲順利。王之臣又參加了幾次科舉，但都沒能獲得理想的成績，後來乾脆放棄了求取功名的念頭，接受了一項教職，歷任松江府同知。兩家大體上維持著相當密切的來往。

數年過去，王之臣不幸病倒了，病重時，留下一封遺書給鄒士龍，信中別的也沒多說什麼，就是諄諄囑咐鄒士龍，希望他代爲扶持幼子。這封遺書送出不久，王之臣就病死了。鄒士龍接到信後，非常難過，親往弔唁。

王之臣爲官一向清廉，身後兩袖清風，妻兒日後的生活非常令人擔心。鄒士龍不但代爲處理了王之臣的喪事，還送給王之臣的遺孀一百兩銀子，作爲他們母子日後的基本生活保障。本來在辦妥喪事之後，鄒士龍還有意把亡友的獨子接到自己身邊，就近照顧，好讓他專心念書，可是小小年紀的朝棟卻頗有主見的說，父親剛剛過世，自己實

在不該遠行，應該陪伴在寡母的身邊。鄒士龍聽了，覺得朝棟這孩子很有孝心，頗爲欣賞。

又過了幾年，朝棟和瓊玉都已經十六歲了。這幾年下來，朝棟只知道日夜苦讀，不擅持家，家境日益貧窮。當鄒士龍歷任參政，後來以無子爲由致仕回家之後，朝棟前往探望，鄒士龍見朝棟衣衫襤褸，立刻皺起了眉頭；尤其是當時在場的還有其他的客人，有這麼一位「準女婿」，鄒士龍頓時覺得面上無光。

不久，朝棟請了一位長輩陪同，來對「準岳父」說，自己和瓊玉都已經到了適婚年齡，希望能夠擇日完婚。

鄒士龍對朝棟說：「你父親當年雖然辦過小聘，但是還沒有納采。我的女兒是千金小姐，你好歹也是出身官宦之家，我們兩家都不是普通人家，如果要完婚，一定要行六禮。」

「六禮？」

「是啊，這是規矩，難道你不懂嗎？」

朝棟漲紅了臉，呼吸急促起來，終於忍不住的頂撞道：「您明明知道我家經濟情況不好，何必一定要如此爲難我呢？今後我當更加發奮讀書，如果能夠僥倖金榜題名，再談婚姻之事吧。」

說完，朝棟向鄒士龍一鞠躬，再說一聲「告辭。」就頭也不回的走了。

鄒夫人得知這件事之後，埋怨丈夫道：「王公子雖然家貧，但我看他相貌人品都不錯，又喜歡讀書，將來一定會有出息，何不讓他入贅，豈不是兩全其美？何必要他納采？」

「哼，喜歡讀書就一定會有出息？我看那也未必，搞不好只不過是個窮儒罷了，我是一個有身分地位的人，怎麼可以找窮儒來做女婿！我諒他無銀納采，本想叫他知難而退，沒想到他還大言不慚！好，我就再給他一年，屆時他

若還無力納采，就叫人去跟他說，叫他領一百兩銀子另娶，這樣才不會耽誤瓊玉，我還可以把瓊玉嫁入名門豪宅，而且我也算是仁至義盡，對得起之臣兄了！」

不料，這番話無意中被瓊玉躲在屏風後聽到了，瓊玉頓時感到非常惆悵。

第二天，瓊玉與貼身丫鬟丹桂在後花園賞花，朝棟剛好在牆外經過，丹桂指著朝棟嚷嚷道：「小姐，快看，那就是王公子！」

朝棟也聽到了，回頭一望，看到一位佳麗和丫鬟正在賞花，心想那位佳麗一定就是瓊玉。

瓊玉和朝棟四目凝望，兩人都立刻對對方產生了濃厚的好感。

翌日，朝棟又故意從牆外經過，瓊玉則一大早就故意在花園賞花，一看到朝棟，趕緊令丹桂叫道：「王公子！」

一開始，朝棟擔心被人發現，不敢向前。丹桂又叫了

幾聲，朝棟才大著膽子走進牆邊。

瓊玉叫丹桂打開小門，親自把自己無意中在屏風後聽到的話統統告訴了朝棟。

朝棟說：「這樁親事是我父親生前所訂下的，如今我雖然家貧，但是妳父親的銀子我絕不會要，親也絕不會退！不過，如果妳父親要將妳嫁給別的人家，我也沒有辦法，只好悉聽尊便。」

瓊玉聽了，大爲動容，脫口便說：「縱然家父有這樣的想法，我也絕不會同意的……」

她望著朝棟，眞誠的說：「你只要用功讀書，將來我們總會團圓的……這樣吧，我們站在這裡講話被人看到也不好，你今天晚上再到這裡來，我還有些事想問問你。」

其實瓊玉是想能夠再多了解朝棟一些，而朝棟也有很多心裡話想要和瓊玉傾訴。任何人都可以一眼就看得出來，這兩個年輕人已經一見如故，一見傾心啦。

當天晚上，夜深人靜的時候，明知道有些不妥，朝棟還是忍不住按照瓊玉的囑咐，來到那道小門邊。

丹桂早已經等在那兒，對朝棟說：「小姐請公子進去說話。」

朝棟頗爲猶豫，「萬一被妳家老爺知道了，那可怎麼辦？」

「老爺和夫人都已經睡了，不會知道的，進去坐坐，沒有關係的。」

朝棟還是不敢，後來經不起丹桂一再的慫恿和催促，才斗膽跟著丹桂悄悄進入。

瓊玉早已叫丹桂準備了酒菜，朝棟來了之後，就與朝棟對坐小酌。

兩人談了很多，愈談愈投機，一直談到天亮。朝棟臨去之際，丹桂要求他當天晚上再來。從此，朝棟天天晚上來與瓊玉相聚，一直待到破曉才走。兩人的感情愈來愈深。

丹桂擔心朝棟的生活拮据，硬是塞了一些手飾給朝棟，要他拿去變賣。朝棟非常感動，哪捨得變賣，只是把這些貴重的禮物珍藏起來。

這樣過了兩個月。有一天晚上，朝棟的母親突然犯了急症，朝棟著急的立刻把母親送醫，並隨侍在側，悉心照顧，根本沒辦法再去找瓊玉，甚至也根本沒辦法通知每天晚上都一定會悄悄在牆邊小門旁等候的丹桂。

這天晚上，丹桂左等右等，就是等不到朝棟，正在納悶，終於聽到了腳步聲。

丹桂高興的把小門打開，輕呼一聲：「公子來了。」

沒想到，轉瞬間出現在她眼前的竟然是一個凶神惡煞的陌生人！

「哎呀，是賊！」丹桂急急忙忙的想要趕緊關上小門，但是已經來不及了。

那個惡賊已經持刀撞開了小門，衝了進來！爲了阻止

丹桂叫喊，竟然還心狠手辣的一刀殺死了丹桂！

丹桂倒地之後，惡賊順勢竄入瓊玉的房間。幸好瓊玉警覺，已及時察覺到異聲，趕緊躲了起來。不一會兒，見到一個惡人持刀闖了進來，刀上還滴著血，瓊玉害怕得心臟都快跳出來了！她眼睜睜的看著那人把自己房內所有值錢的東西統統洗劫一空，根本無力阻止，只能屏住呼吸，生怕自己會發出聲音來。

等到壞蛋都已經離開了很久，手腳發軟的瓊玉這才去找家人。全家大驚。

父親鄒參政厲聲喝問：「丹桂怎麼會這麼晚還站在這裡？以至於碰到壞人送了命？」

瓊玉囁嚅著：「我——我不知道——」

「她是妳的貼身丫環，妳怎麼會不知道？」

「我——」瓊玉臉色煞白，渾身顫抖，但仍一口咬定，「我真的不知道！」

瓊玉的母親衝過來護衛著女兒，埋怨丈夫道：「哎呀，女兒都被嚇成這樣了，你還一直問什麼問啊！她說不知道就是不知道嘛！」

瓊玉受到的驚嚇過深，還眞的因此在床上躺了好幾天，不能下床。

鄒參政的心中自然是滿腹疑團，但眼前顯然是沒有辦法從女兒的口中問出什麼了。他想去告官，又苦無贓證，只好命令家僕到處打聽，特別是到一些當鋪去看看有沒有他們自家的東西；按照常理判斷，盜賊搶奪了什麼値錢的東西，都會設法典當到當鋪去的。

不到一天，一個家僕在某家當鋪看到一個金手鐲，怎麼看怎麼眼熟，就趨前問道：「這個金手鐲好漂亮，是誰家的東西啊？」

老闆看了家僕一眼，神祕兮兮的說：「我不能告訴你。」

「哼，你不說我也知道，這是我們參政大人家的東西！」

老闆嚇了一大跳，「怎麼可能？不會吧！這明明是王相公家的東西啊，他今天早上才拿來的。」

「哪一個王相公？」

「就是王朝棟王相公啊。」

「什麼？是他？」這回輪到家僕大吃一驚，「你沒有胡說吧？」

「我怎麼敢胡說，方才只因王相公再三交代過我，叫我不要告訴別人是他拿來典當的，所以我才沒有說。」

家僕立刻回報。鄒參政大怒道：「好哇！我看那小子一副忠厚老實的模樣，沒想到竟然如此歹毒！」

遂親自寫了一份狀紙，命家僕具告巡行衙門，說王朝棟求婚未遂，懷恨在心，竟趁夜殺婢劫財，實在是藐無法紀，罪不可赦。

巡行包公接了訴狀之後，立刻派人拘捕朝棟。

朝棟自然是哭著大聲喊冤，說自己絕對沒有殺丹桂。

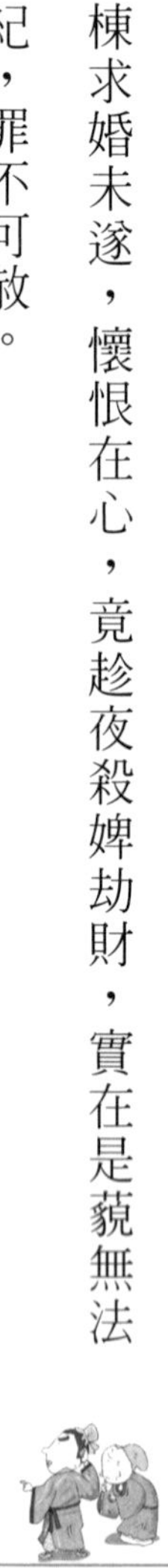

包公問：「既然你沒有殺丹桂，那這個金手鐲是怎麼來的？」

「是——是她小姐給我的。」

「人家千金小姐爲什麼要把金手鐲給你？」

「因爲——因爲——知道我家境貧寒，同情我，給我做不時之需，那天因爲我母親得了急病，沒錢就醫，不得已才拿去典當——」

「你還要當鋪老闆不要說出去？」

朝棟點點頭，「小姐把金手鐲給我，是一片盛情，我把它拿去典當，雖然是情非得已，但還是非常慚愧，所以——」

包公威嚴的問道：「你說的可都是實情？」

「句句實言，大人如果不信，可以找小姐來對質！」

包公沉思片刻，屏退左右，再問朝棟：「你老實說，你和瓊玉小姐是不是有非比尋常的關係？」

「沒——沒有——」

「眞的沒有？那你爲什麼低著頭，不敢看著我？」

「眞——眞的沒有——」朝棟嘴上這麼說，頭還是低低的，一臉愧色。

包公喝道：「還不老實說！這是性命攸關的事，你知道不知道！」

朝棟見瞞不過，再加上也爲了急於脫罪，便嘆了一口氣，老實交代道：「如果不是今天蒙受了這麼大的冤枉，我是斷斷不會說出來的……」

包公聽了朝棟的敘述之後，思考片刻，鄭重其事的說：「明天我會請鄒參政父女來對質，如果你所說的都是實情，我會要求鄒參政讓你們盡快完婚，如果你扯謊，就一定會叫你償命！」

朝棟再三叩頭，「望大人成全！」

第二天在堂上，鄒士龍一看到朝棟就憤怒的大罵道：「你好歹也是宦家子弟，我待你也不薄，沒想到你竟然會做

出這麼喪盡天良的事！」

包公說：「老大人不要激動，按本人看來，這件命案的凶手很可能另有其人，而且，會惹出這場風波，老大人也有責任。」

「什麼？」鄒士龍橫眉豎目的瞪著包公，「我也有責任？我會有什麼責任？」

包公便命朝棟把這兩個多月來與瓊玉暗中來往的情形，當庭再陳述一次。

鄒士龍聽了，怒不可遏道：「放肆！自己幹了這種天理難容的事，不敢承認，居然還敢賴到小女的頭上！我們家家教甚嚴，小女怎麼可能會做出這種事！」

「這得問問令千金才知道。」說著，包公便問瓊玉：「王朝棟說的可都是眞的？」

瓊玉又羞又怕，頭低得不能再低，身子也微微顫抖。

她不說話，朝棟可急了，突然像個小孩子似的倒在地

上，又哭又喊：「小姐！我的命完全繫在妳的手上啊！難道妳眞的忍心見死不救嗎？何況，萬一我死了，我的老母親怎麼辦啊！今後誰來照顧她啊！」

「我——」瓊玉的臉上泛出了細細的汗珠，眼裡也閃著瑩瑩淚光；她眞的急得快要哭了。

包公又問瓊玉：「不要怕，我再問妳一次，王朝棟說的都是眞的嗎？那金手鐲眞的是妳給他的嗎？」

瓊玉偷偷望了朝棟一眼，再也不忍心隱瞞，只得垂著頭含著淚承認道：「金手鐲確實是我給他的，殺丹桂的不是他。那天夜裡，盜賊侵入的時候，我曾在燈影之下瞥見那人似乎已有些年紀，還有鬚的模樣。」

瓊玉終於說出了實情，朝棟這才爬起來，如釋重負的跪在瓊玉的旁邊。瓊玉見朝棟的頭髮都散了，情不自禁的跪近他，幫他挽髮。

鄒士龍簡直快要氣炸了！大怒道：「這小妮子嚇得眼

花，看不清楚，居然在這裡一派胡言！」

瓊玉看父親大發雷霆，趕緊把手收回來，低著頭跪著。

包公看看鄒士龍，「既然令嬡嚇得眼花，看不清楚，想必老先生一定看得清楚了？乾脆老先生直接問此生一個死罪算了，我們大家都可以省事！依我看，丹桂為此生做待月的紅娘，此生斷沒有殺她的理由……」

士龍氣急敗壞的打斷道：「什麼待月！什麼紅娘！小女還小啊！」

包公說：「也不小了。依我看，老先生與他父親當年既有同窗之誼，又有指腹之盟，現在他們倆也都到了男婚女嫁的年齡，且情真意切，何不讓他們倆早日完婚？」

「大人今天是要問案還是要充當月老？」士龍不悅道：「況且就算王朝棟剛剛所說都是真的，就算他沒有殺丹桂，丹桂也是受了他的連累才被殺，應該由他查出犯案的盜賊，才能讓他脫罪！」

「查案的事還是由我來吧，」包公說：「等我抓到了凶手，還望老先生盡快擇日爲他們完婚。」

說完，包公就當庭釋放了朝棟。

退堂之後，包公獨自沉思良久，一直在思考該如何緝凶。

當天晚上，包公做了一個夢。夢見有一個人慢慢的朝他走近，向他深深一鞠躬，恭恭敬敬的拜謝道：「小兒不肖，多謝您照顧他啊。」接著，那人朝地上丟了兩個竹片，沒有再多說什麼就走了。包公仔細一看，兩個竹片彷彿呈現一個「八」字。

「這是什麼意思呢？」包公想著想著就醒了，醒了之後就沒有再睡，還一直不斷的揣摩。

天一大亮，包公便差人請王朝棟來，說有事商議。

朝棟一到，迫不及待的說：「我正好也有事想來向大人報告。昨天晚上我回到家之後，向先父燃香禱告，希望先父顯靈，告訴我賊人的名字，結果果然做了一個夢……」

「哦？怎麼樣？說來聽聽。」

「我夢見先父坐在廳堂，我正要向前請安，他卻朝地上丟了兩個竹片之後，就站起身來走了……」

「那兩個竹片是不是呈現了什麼形狀？」

「是，我趨前一看，感覺很像是一個『八』字。」

「然後呢？」

「我正想去追先父，就突然醒了。」

包公沉思片刻，對朝棟說：「你這個夢絕非偶然，一定是有意義的，因爲我也做了一個極其類似的夢。我想，那個賊人很可能姓祝，名字中又很可能有一個『八』字，或是他在家排行第八，總之，一定和『八』有些關係……」

這時，包公突然靈光一現，思忖道：「此人很可能是一個慣竊，殺丹桂應該不是預謀，而是在被丹桂發現之後，怕她叫喊，才一時情急把她殺了……既然是慣竊，會不會曾經被抓到牢裡過？」

於是立刻調閱資料，發現日前某捕頭曾經抓到過一個鼠竊，名叫祝聖八，因爲念其是初犯，所以刺臂釋放。

「初犯？哼，不見得吧！」包公一方面命公差去把祝聖八拘來，並仔細搜索祝聖八的家，果然搜出許多屬於鄒士龍家中的財物。

全案至此眞相大白。祝聖八招供，當天夜裡他經過鄒家花園小門，偶然聽到丹桂說「公子來了」，心想小門一定是開的，臨時起意衝進去，原本只是想劫財，因爲看丹桂正要叫喊，一時慌張，才把她給殺了。

包公本來要判祝聖八死刑，念其年老，予以減刑。

稍後，鄒士龍也擇日爲瓊玉和朝棟成婚了。

假駙馬

有一個地方，名叫市頭鎮，屬於登州管轄，鎮上居民稠密，大多喜歡靠著河岸築室。

市頭鎮有一個特色，在這麼多的居民中，爲惡者多，行善者少。住在小鎮東邊崔長者一家，倒是難得的大好人，總是默默的做些好事。崔長者與妻子張氏只有一個獨子，名叫崔慶，今年已經十八歲，聰明穎達，爲人也相當正派，是一個有爲的好青年。

有一天，有一位老僧來到崔家，站在門口說：「貧僧是五台山雲遊僧家，聽說府上向來樂善好施，特地來化一頓齋飯。」

崔長者聽見了，趕緊走出來，納頭便拜，恭恭敬敬的說：「我們不知道您遠道而來，否則一定早就在這兒恭候

您，還請您不要見怪！」

老僧連忙把崔長者扶起來，微笑道：「員外眞是名不虛傳，對我們出家人居然如此恭敬。老實告訴您，其實我遠道而來，不是眞的爲了要化一頓齋飯，而是爲了要能見員外一面，有非常重要的事要告訴您。」

崔長者立刻把老僧請進家中，命家僕準備了非常豐盛的齋飯，盛情款待老僧。

席間，老僧一臉嚴肅的對崔長者說：「市頭鎭不久將會遭遇洪水之災，請員外趕快準備好船隻和應急物品，方能及時逃命。」

崔長者嚇了一跳，「那得趕快告訴大家啊！」

老僧搖搖頭，「說了大家也不會信的。市頭鎭作惡者太多，令上天震怒，才會決定要降下這場浩劫，而員外一家平時經常做好事，上天不忍傷及你們，才會特別讓我先來警告您，讓您趕緊做好準備。」

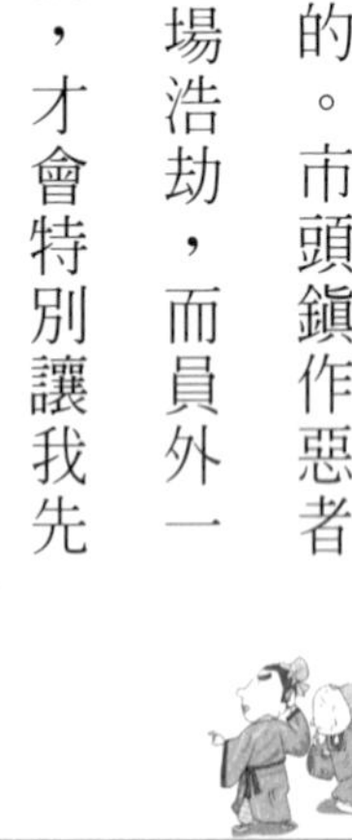

崔長者聽了，連連點頭，不斷道謝，並小心翼翼的問道：「洪水什麼時候來？我們該怎麼樣才能得知，好預先上船呢？」

「你注意過東街寶積坊下有一座石獅子吧？你可以派人天天去看那石獅子，只要看見石獅子的眼裡流血，就要趕快收拾上船。」

「東街寶積坊下的石獅子……好的，我記住了。」

老僧又說：「還有一件事，我也得事先提醒您，您和家人縱然能逃過這場大難，恐怕還是會沾上一些厄運。」

「厄運——會危及我們的性命嗎？」

「那倒不會，只是也會受不少苦……您把紙筆拿來，我給您寫幾句提醒的話，您要牢牢記住，看看能不能徹底逃過這場災難。」

那幾句話是：

「天行洪水浪滔滔，遇物相援報亦饒；

只有人來休顧問，恩成冤債苦監牢。」

崔長者看了半天，不明白這幾句話是什麼意思。老僧說：「到時候您就會知道了。」

齋罷，老僧要告辭離去，崔長者取了十兩銀子相贈，老僧搖搖頭說：「貧僧是雲遊之人，就算是有銀子也沒地方花；您的善心，我就心領了。」

說罷，堅持不要那些銀子，飄然遠去。

第二天，崔長者立刻請了許多工匠，開始在河邊造十幾艘大船。鄉民都覺得很奇怪，便紛紛詢問崔長者，好端端的幹麼要造這麼多大船？

崔長者心中仍然存著救人之心，於是把老僧告訴他的話，毫無保留的告訴大家，並且建議大家也趕緊造船，準備逃命。

然而，大家聽了都只是放聲大笑，還取笑崔長者道：「你是睡糊塗了不成？居然連這種鬼話也會相信！」

崔長者便不再多說，任憑眾人取笑，繼續造那些大船，並準備一大堆應急物品，同時，還派了一個老僕，天天到東街，去察看寶積坊下那座石獅子的眼睛裡有沒有流血。

這樣過了一段時間，十幾艘大船統統都造好了，所有應急物品也都準備齊全。老僕天天都去看那座石獅子，終於引起坊下兩個屠夫的注意，兩人好奇的問老僕，爲什麼天天都來看這座石獅子？這座石獅子究竟有什麼好看？

老僕把原因老老實實的告訴了他們。

待老僕離去，兩個屠夫相視大笑。

「天這麼熱，會有什麼洪水！」

「這個愚蠢的老東西！簡直和他家主人一樣的好騙！」

笑著笑著，兩個屠夫萌生一個要惡作劇的念頭。

一個屠夫提議道：「乾脆明天我們殺豬的時候，把一點豬血灑在那座石獅子的眼睛裡……」

「好哇好哇，太妙了！」另一個屠夫拍手大樂道：「我們看看那老東西會是什麼樣的反應！」

第二天，老僕一看到石獅子的眼裡紅紅的，大驚失色，驚恐萬狀的尖叫道：「不得了啦，不得了啦！石獅子的眼睛眞的流血啦！」

他一邊叫，一邊急急忙忙的往回走，顯然是急著立刻回去報告。

那兩個惡作劇的屠夫看到這一幕，抱著肚子大笑，笑得肚子都痛了。

崔長者得知石獅子果然出現了異象，立刻指揮家人，用最快的速度整理好東西，火速搬上船。這個時候，日正當中，熱氣逼人，正是陽光最厲害的時候，而且晴空萬里，天上一點雲也沒有，哪有一絲絲要下雨的樣子？左右鄰居們看崔長者一家這麼忙碌的在大搬家，都快笑壞了，紛紛說崔長者全家都是無可救藥的瘋子。

黃昏時分，就在崔長者一家和他們所準備的東西統統上了船以後，怪事發生了。一大堆又厚又密的黑雲不知道從哪兒冒了出來，群聚在小鎮上方，不一會兒就下起了傾盆大雨！

這場詭異的大雨一下就是三天三夜，終於導致河水氾濫。無情的洪水衝入市頭鎮，很快的便淹沒了一切……

在這場突如其來的浩劫中，有兩萬多人失去了寶貴的生命。

後來大家都說，都是因爲鄉民平常作孽太多，上天才會降下這場毀滅性的災難，而崔長者夫婦因爲平時經常做好事，才能逃過一劫。

回頭再說大洪水那天，崔長者一家數十艘大船隨著洪水流出河口，忽然看到附近一處山岩崩塌，有一隻年幼的黑猿掉進水中，驚慌失措的拚命掙扎，崔長者心裡不忍，叫家僕趕快找了一根長長的竹竿接住那隻小黑猿，小黑猿

死裡逃生，慌慌張張的爬上岸之後，很快的就不見了。

船繼續航行，過了一會兒，崔長者又看到有一截斷木漂過來，斷木上有一個鴉巢，鴉巢裡有幾隻雛鴉，彷彿正掙扎著想飛起來，卻因水流太急而心生恐懼，只能驚慌的撲騰著翅膀，看來十分可憐。

「快！」崔長者趕緊叫家僕找來一個船板，幫忙穩住那截斷木，連帶托住了鳥巢，巢裡的幾隻雛鴉也立即把握住這個難得的機會，趕緊張開雙翼，各自飛走了。

又過了一會兒，經過一個彎道，崔長者看到一個人被激流沖了下來，口中不斷的大喊救命。

「快——」崔長者正想叫人趕緊接住那個人，妻子張氏忽然攔住他，充滿疑慮的問：「員外，那位老僧人不是曾經提醒過您，『只有人來休顧問』，否則恐怕『恩成冤債苦監牢』嗎？難道您一點也不記得了？」

崔長者一愣，是呀，那位神祕的老僧確實曾經這麼叮

囑過，只是——

「動物都救了，現在看到有人落水，怎麼能夠見死不救？」崔長者說完，沒有再多想，就叫家僕趕快伸出長長的竹竿讓那個人抓住，再設法把他拉到船上，並且取來乾淨的衣服讓他換上。

這個大難不死的年輕人名叫劉英，和崔長者的獨子崔慶年齡相仿。

等到大雨終於停了，洪水終於退了，崔長者命家僕先回去察看，發現整個小鎮幾乎都被洪水給毀了，唯獨崔長者的家，雖然也曾遭洪水浸泡，但大體上仍然奇蹟似的相當完好。於是，崔長者命人在很短的時間之內就把家裡整修完畢，然後扶老攜幼的重返家園。

崔長者並且還很好心的把已經家破人亡的劉英留在家中，認他做義子。從此，劉英就在崔長者身邊，幫他處理許多雜務。劉英和崔慶也相當投緣，由於劉英的年紀稍微

年長些，所以崔慶總尊稱他一聲「大哥」。

這樣過了半年。有一天夜裡，崔長者做了一個夢，夢見一位慈眉善目、神仙模樣的老先生對他說：「國母張娘娘失落了一個玉印，急得不得了，當今仁宗皇帝已貼出榜文，張掛各地，說只要有人知道玉印下落的，就可以官封高職。現在，你不妨叫崔慶即刻進京，去報告那個玉印其實就在後宮一個八角琉璃井中。」

末了，老先生還特別強調：「上天是因爲看你積了不少陰德，所以特別來告訴你，你只要趕快叫親兒子去報官，你們一家就可以享盡榮華富貴。」

崔長者醒來，把夢境中的一切告訴妻子。張氏向來就把唯一的寶貝兒子捧在手心裡，怎麼捨得讓他獨自出遠門，所以對那場夢更加半信半疑，只淡淡的說：「做夢的事，恐怕不能當眞吧？」

既然妻子這麼說，崔長者自然也不好意思表現得太認眞。

沒想到，第二天有一個家僕從街上回來後，跟大家說：「嘿，眞稀奇！國母娘娘失落了玉印，仁宗皇帝居然還貼出榜文，說有誰知道玉印下落的，就要封他做大官，可是這種事有誰會知道啊！」

崔長者與妻子聽了，都嚇了一大跳！

夢境中的一切居然都是眞的！

崔長者高興的說：「我兒眞是好福氣！趕快讓他進京，去報告玉印下落，他這輩子就吃喝不盡了！」

可是張氏仍然不願讓唯一的寶貝兒子出遠門，畢竟他從小到大，從來都沒有離開過自己身邊啊。

張氏說：「富貴有命，萬一我兒此去，在路上遇到什麼風險，那可怎麼辦？還不如不去！」

「什麼？妳的意思是，我們要放棄這麼好的機會？」

夫妻倆爭執不下，這時，劉英在旁聽到了，就趨前走近義父和義母，自告奮勇道：「父母對我的恩情，我正苦於沒有報答的機會，現在不妨讓我替弟弟跑一趟吧，如果果眞爲國母娘娘找回了玉印，謀得了一官半職，就立刻回來報告，讓弟弟去領受。」

崔長者和妻子互看一眼，都覺得這倒眞的不失爲是一個兩全其美的好辦法。於是，崔長者立刻高高興興的準備銀兩，打點劉英起程。

劉英臨走的時候，崔長者還殷殷叮嚀：「你這趟進京，如果眞有好事，可要記得盡快回來啊！」

「我會的，」劉英誠懇萬狀的頻頻保證，「請父親放心吧。」

不久，劉英順利來到京城，信心十足的徑自來到朝門外揭了榜文。守軍捉住他，送他去見王丞相，劉英遂向王丞相報告玉印的下落。王丞相半信半疑，把劉英安頓好之

後，也不敢耽擱，隔天就入朝報告。

這一報告，國母娘娘才猛然想起，是啊，前陣子中秋賞月那天晚上，張娘娘曾經和幾個宮女在一座八角琉璃井邊探手取水，想來那個心愛的玉印，一定就是在那個時候不小心掉到井裡去的。

仁宗皇帝趕緊命人下井尋找，果然很快就找到了玉印，大家都感到驚奇不已！

皇帝宣劉英上殿，好奇的詢問他是怎麼知道玉印的下落？

劉英臉不紅、氣不喘的回答道：「是我夢到了一個神仙，神仙告訴我的。」

皇帝聽了，嘖嘖稱奇，讚賞道：「想必一定是因爲你家祖上積了陰德，才會有這樣的好運道！」

看看劉英，模樣也還算俊秀，皇帝一高興，竟當場把劉英招爲西廳駙馬。劉英就這麼一步登天，成爲黃娘娘第

二公主的夫婿了！劉英自然是喜不自勝，他認爲當駙馬可是比當大官還要好得多哪！

過不了多久，朝廷還爲劉英蓋了一座富麗堂皇的駙馬府，劉英歡天喜地的馬上搬了進去。這個時候，他一心所想到的只是自己的幸運，居然能夠這麼輕易的就如此顯貴；什麼義父義母，什麼崔慶，什麼舊恩，早就被他拋到九霄雲外去了。

而崔長者那邊，自從劉英一去兩個多月渺無音訊，正在擔心和納悶的時候，忽然，有一天，有人從京師來，告訴了他們一個震驚的消息——劉英竟然已經被皇帝招爲駙馬，極其顯貴哪！

「什麼！」崔長者簡直不敢相信，「這個忘恩負義的畜生！」

張氏也埋怨道：「當初本來就不該救他的！現在倒好，居然把我兒的榮華富貴給搶去了！」

夫妻倆都非常懊惱。懊惱之餘，崔長者也非常的失望和傷心，氣人性竟是如此經不起考驗，更氣劉英那個貌似忠厚的小子，一旦利字當頭，竟然就這麼「義無反顧」的辜負了他的信任！

「不行，我一定要向他討個公道！」崔長者恨恨的說。

這時，張氏卻反過來極力阻止，「算了吧！由他去吧！也許人家就是有這個命。」

可是崔長者實在嚥不下這口氣，崔慶也是，父子倆又一起把劉英痛罵了一番。罵了半天，心地忠厚的崔長者忽然停下來，想了一會兒，疑惑的說：「這中間會不會是有什麼誤會啊？——這個消息眞的可靠嗎？——我們可不要是冤枉了好人啊！」

崔慶想想，也說：「父親說的有道理，確實有可能只是一場誤會。我看這樣吧，還是孩兒上一趟京城，找到大哥，問個清楚吧。」

「不，別去，千萬別去！」張氏非常反對，「——『只有人來休顧問，恩成冤債苦監牢』，當初那位高僧曾經這麼苦口婆心的提醒過我們呀，難道你們都忘了？」

然而，在崔長者的支持下，第二天一早，崔慶還是帶著幾個家僕前往京城去了。臨走前，他還一再安慰憂心忡忡的母親，「我愈想愈覺得大哥實在不像是那種人，母親不要擔心，孩兒去去就來。」

來到京城之後，剛找了一家客棧安頓好，崔慶就急著要找駙馬府。快要到駙馬府的時候，只見一隊人馬風風光光的過來，還有人不斷大呼：「讓開！讓開！駙馬來了！」

崔慶和其他的老百姓一樣，匆匆讓到路邊。他好奇的伸長脖子一看——哎呀！那個正端坐在馬上，一臉神氣的駙馬，不就是劉英嗎？

「大哥！」崔慶一邊扯開喉嚨叫著，一邊拚命擠到前面去。

劉英看見崔慶，吃了一驚，但表面上仍然非常鎮靜，瞪著崔慶怒喝道：「是誰居然敢沖我的馬頭？擋我的路？來人啊，給我拿下！」

崔慶大驚，「大哥！是我啊！」

劉英怒不可遏，「我哪有什麼兄弟！」

不由分說，便命人把崔慶抓進府裡，重責三十棍之後，丟入大牢。可憐的崔慶，從小就備受父母的疼愛，從來不曾挨打，再加上成長於優渥的環境之中，一身細皮白肉的，哪經得起打？三十棍重重打下來，把他打得皮開肉綻，渾身是血。

家僕得知主人遭難，急得半死，想來探望，卻總是被拒於門外，一點辦法也沒有。

牢裡的伙食非常粗糙，崔慶是從小錦衣玉食慣了的富家子，在傷勢稍微好轉些之後，一方面憂慮不知道何年何月才能重見天日，一方面也不時懷念過去天天都會吃到的

美食……唉，想想眞是悲慘啊！過去天天肉食不斷，現在卻已經好幾天都沒嘗到肉食的滋味了……

有一天，就在他飢餓難忍的時候，一隻黑猿忽然攀樹而入，爲他送來一片香噴噴、油膩膩的熟羊肉！

崔慶覺得非常奇怪，半晌才記起大洪水那天，父親曾經救起過一隻小黑猿。

崔慶默默想著：「難道——是那隻小黑猿來報恩了嗎？——唉，動物尚且知道報恩，眞沒想到竟然人不如獸啊！」

想著想著不禁悲從中來，更加感慨。

過了幾天，又有一隻烏鴉停在窗外，哀鳴不已。崔慶心想：「難道這也是父親在大洪水那天救過的那隻烏鴉嗎？」

他靈機一動，向一位同情他、相信他的獄卒借來紙筆，寫了一封家書，對那隻烏鴉說：「你若可憐我，有心想幫我，就幫我把這封家書送回家吧。」

烏鴉似乎完全聽得懂崔慶的意思，馬上飛到他的面前，讓崔慶把家書繫在牠的腳上，然後立刻展翅飛去。

烏鴉一口氣飛了好幾天。這天，當崔長者夫婦正在焦急的談論兒子怎麼一去毫無音訊時，忽然有一隻烏鴉飛到崔長者面前，一落地便身子一歪，力竭而死。崔長者嚇了一跳，但是他很快就注意到烏鴉的腳上好像繫了一封書信，上前解開一看，映入眼簾的竟然是兒子的筆跡！夫妻倆趕緊心急如焚的讀下去……

崔慶在信中詳細交代了劉英失義以及自己遭難的經過。崔長者讀罷大哭：「我兒，你受苦了！」

張氏哭得更傷心，「你看！不聽我的話，現在讓嬌兒吃這麼大的苦！」

崔長者咬牙切齒道：「鳥獸都還懂得報恩，劉英這小子怎麼可以如此忘恩負義？我一定要親自去一趟京師，營救慶兒，討回公道！」

崔長者來到京城，先找到家僕；可憐他們都已流落街頭，三餐不繼，見到老主人突然來了，一個個都激動萬分，衝上前來抱著老主人痛哭。崔長者聽了，更加心痛，立刻就要去駙馬府見劉英一面，家僕都緊緊抱住他，死活不肯讓他去，深怕他這一去，也會慘遭毒手。

「放手！讓我去！」崔長者大嚷；他仍然有些不信劉英竟然會泯滅天良至此，所以非要找他說個明白不可。

正在拉扯間，忽然有人大聲說：「駙馬來了！駙馬來了！」

眾人紛紛回避，崔長者也跟著大家站在長廊下等候。不一會兒，駙馬騎著駿馬走近了。崔長者一看，果眞是劉英！

他不由得氣得渾身發抖！

劉英也看見崔長者了，但視線一接觸，他就趕緊移開。

崔長者再也忍不住，不顧一切大喊道：「劉英我兒！你現在富貴了，就忘了我嗎？」

劉英當然不敢回答，假裝沒聽見，繼續前行。

「啊？不理我？居然不理我！劉英哪，你實在是太沒良心了啊！」崔長者不肯罷休，一路在馬隊後追趕，一直追到駙馬府；還不待他走近，駙馬府的大門早已重重的關上了。

崔長者氣喘咻咻，披頭散髮，望著駙馬府緊閉的大門，恨恨的道：「好，不認我這個老頭子就算了，可是居然還害慶兒在獄中受苦，實在是可恨！我就不信沒有人能夠為我討回公道！」

於是崔長者憤而直奔開封府，去找包青天告狀。

包公受理了這個案子，在做了一些調查，確定崔長者所言不虛之後，決心要為他伸張正義。

這天，包公差人請劉駙馬來府中喝酒。劉英欣然赴

宴。在劉英進入府中之後，包公就命人悄悄閉上府門，不許閒雜人等私自走動。

酒席才進行到一半，酒卻已經喝完了。包公怒道：「爲什麼還不趕快拿酒來？」

侍吏報告，酒剛好都喝完了。

包公說：「是嗎？那就提一桶水來好了。」

侍吏應諾，不一會兒果然提了一大桶水過來。包公命人替駙馬斟上一杯水，並且還不以爲意的說：「咱們今天就以水代酒吧，還請駙馬大人不要客氣！」

劉英認爲包公是故意怠慢他，非常生氣，抬高了音量瞪著包公大罵道：「你這個包大人眞是好欺負人！今天滿朝文武誰不敬我？哪有請我來吃飯，居然是以水代酒！」

包公冷笑道：「沒錯，就算是滿朝文武人人都敬你劉駙馬，我偏偏不敬！怎麼？水就不能喝嗎？今年六月，駙馬大人不是還跟你義父一家共飲一河之水嗎？怎麼現在就

連一杯水也喝不得了呢？」

劉英一聽，臉色大變。正想匆匆告辭，崔長者已走了出來，指定劉英痛罵道：「負義之賊！今日負我，日後必負朝廷！」

此刻的劉英，心知大事不妙，一副惶惶不可終日的模樣，早已沒了先前那種趾高氣昂的氣焰。

崔長者轉而對包公說：「還望大人作主！」

包公便命人拿下劉英，摘掉他的冠帶拖倒階下，重責四十大棍，令他招供。劉英自知無法抵賴，也就什麼都招了。

包公立即奏明皇上，請皇上裁奪。後來，崔慶當然是火速從牢裡被放了出來，還被授予武城縣尉，即日走馬上任；崔長者平日好善，皇上也特地在崔長者的家鄉爲他興建了一座「起義坊」。

至於那個冒功忘義的劉英，在當年冬天就被處決了。

國家圖書館出版品預行編目資料

包青天奇案：看古代神探辦案／管家琪改寫；
林傳宗繪圖 .—— 初版 .—— 台北市：幼獅，
2007【民 96】
面；　公分 .——（典藏文學：17）

ISBN 978-957-574-622-3（平裝）

859.6　　　　　　95022130

包青天奇案
——看古代神探辦案

・典藏文學・

定價＝200 元
港幣＝67 元
初版＝2007.01
七刷＝2019.05

書號 987160
行政院新聞局核准登記證
局版台業字第〇一四三號

改　寫＝管家琪
繪　圖＝林傳宗
出版者＝幼獅文化事業股份有限公司
發行人＝李鍾桂
總經理＝王華金
總編輯＝林碧琪
主　編＝林泊瑜
公　司＝10045 台北市重慶南路 1 段 66-1 號 3 樓
電　話＝(02) 2311-2832
傳　真＝(02) 2311-5368
郵政劃撥＝00033368

幼獅樂讀網
http://www.youth.com.tw
e-mail:customer@youth.com.tw
幼獅購物網
http://shopping.youth.com.tw

幼獅文化公司／讀者服務卡／

感謝您購買幼獅公司出版的好書！
為提升服務品質與出版更優質的圖書，敬請撥冗填寫後(免貼郵票)擲寄本公司，或傳真(傳真電話02-23115368)，我們將參考您的意見、分享您的觀點，出版更多的好書。並不定期提供您相關書訊、活動、特惠專案等。謝謝！

基本資料

姓名：________ 先生／小姐

婚姻狀況：□已婚 □未婚　職業：□學生 □公教 □上班族 □家管 □其他

出生：民國____年____月____日　電話：(公)________(宅)________(手機)________

e-mail：________　聯絡地址：________

1.您所購買的書名：________

2.您通常以何種方式購書?：□1.書店買書 □2.網路購書 □3.傳真訂購 □4.郵局劃撥
□5.幼獅門市 □6.團體訂購 □7.其他

3.您是否曾買過幼獅其他出版品：□是，□1.圖書 □2.幼獅文藝 □3.幼獅少年
□否

4.您從何處得知本書訊息：□1.師長介紹 □2.朋友介紹 □3.幼獅少年雜誌
□4.幼獅文藝雜誌 □5.報章雜誌書評介紹________報
□6.DM傳單、海報 □7.書店 □8.廣播(　　　)
□9.電子報、edm □10.其他________

5.您喜歡本書的原因：□1.作者 □2.書名 □3.內容 □4.封面設計 □5.其他

6.您不喜歡本書的原因：□1.作者 □2.書名 □3.內容 □4.封面設計 □5.其他

7.您希望得知的出版訊息：□1.青少年讀物 □2.兒童讀物 □3.親子叢書
□4.教師充電系列 □5.其他

8.您覺得本書的價格：□1.偏高 □2.合理 □3.偏低

9.讀完本書後您覺得：□1.很有收穫 □2.有收穫 □3.收穫不多 □4.沒收穫

10.敬請推薦親友，共同加入我們的閱讀計畫，我們將適時寄送相關書訊，以豐富書香與心靈的空間：

(1)姓名________地址________電話________
(2)姓名________地址________電話________
(3)姓名________地址________電話________

11.您對本書或本公司的建議：

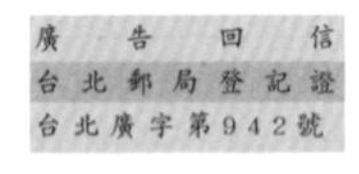

請直接投郵　免貼郵票

10045 台北市重慶南路一段66-1號3樓

幼獅文化事業股份有限公司 收

請沿虛線對折寄回

客服專線：02-23112832分機208　傳真：02-23115368

e-mail：customer@youth.com.tw

幼獅樂讀網http：//www.youth.com.tw